L'ombre de Grace River

Roman

Arthur T. Deifrey

Éditions Northouse

Éditions Northouse
northouse.editions@tutanota.com

ISBN : 978-2-9571183-3-5

Du même auteur :

Sacrée chute ! (Éditions Northouse 2023)

CHAPITRE 1

SUPPLICE DE NOËL

Le bistouri trancha la gorge d’un fil parfait. Le geste d’un professionnel. Comme si le corps s’étonnait d’un tel coup imprévisible, le sang ne jaillit pas immédiatement. La seconde d’après, un flot carmin ruissela le long de l’estafilade. Jordy regarda l’hémoglobine souiller sa main tandis que de l’autre, il accompagnait d’un effleurement les ultimes palpitements du cœur de la victime.

Trois coups secs cognés à la vitre le détournèrent de sa besogne. Il reposa délicatement le corps encore chaud, près de l’autre, puis, calmement, se passa les mains à l’eau sans relâcher l’arme. Enfin, il ouvrit la porte de la cuisine qui donnait sur le jardin. Un regard à droite, à gauche. Personne.

Jordy se dirigea vers le vieux châtaignier qui trônait au centre de la prairie. L’air était doux et humide. L’hiver se faisait désirer. Il savourait sur sa joue la faveur du vent qui soufflait de l’estuaire. Il leva la tête et scruta la cime de l’arbre. Elle était là.

— C'est toi ? C'est bien toi ? Demanda-t-il à l'oiseau perché au pinacle, sur une branche du vénérable.
— Tu peux pas t'en empêcher. T'as vu le couteau briller... La pie ne répondit pas. De son bec, elle trifouillait sous son aile.
— C'est ça, planque-toi !

Vexé, le corvidé redressa la tête, entama une jacasserie colérique et virevolta de rameau en rameau pour venir se planter à moins d'un mètre du visage de Jordy.

— Ah ! Ce n'est pas la lame ! T'es pas contente ? T'as tout vu ! Le volatile se tut, majestueux dans sa livrée de macareux. Il attendait une explication.
— Écoute Urla, je comprends que tu sois en rogne, mais je ne pouvais pas faire autrement. Je ne leur voulais aucun mal...

Urla écoutait et oscillait tristement la tête, ses prunelles embuées ne quittant pas le poignard. Jordy remarqua le manège de son amie et laissa tomber le fer dans l'herbe avant d'ajouter :

— Tu vois...

Il n'eut pas le temps d'achever sa phrase qu'Urla prit son envol et s'éloigna en proférant des cris menaçants.

— Elle va tout moucharder, grommela Jordy en récupérant l'arme.

Grace River grondait. Le vent d'est conjugué à la marée d'équinoxe gonflait les eaux du fleuve qui rongeaient la côte, vomissant chablis et autres végétaux décomposés. Le tapage des éléments en furie isolait la longère réduite au silence.

La nuit tomberait bientôt sur le marais. Jordy aimait ces moments qui le coupaient du monde. Rien n'y personne, dès lors ne saurait l'atteindre. La solitude nourrissait sa puissance et préservait son sentiment d'impunité. Il se dirigea vers le canal Saint Georges, le bras principal qui longe la propriété avant de se jeter dans Grace River. Il marchait maintenant au milieu des roseaux sur un chemin transpirant d'eaux saumâtres où chacun de ses pas gravait profondément le sol de son empreinte. L'absence de lune et le couvert nuageux qui obscurcissait le ciel laissaient présager une nuit sombre comme les aime le malin.

— C'est une bonne nuit. Il n'y aura personne sur l'eau, murmura-t-il.
Le ponton dansait modérément au rythme des vaguelettes qui agitaient la surface marécageuse.

À cet endroit, le courant principal mollit et seules les claques du vent de galerne viennent chahuter les câbles d'amarrage qui chouinent sous ses assauts.

Jordy s'applique à la préparation du bateau. Tout devra être prêt quand viendra le moment de désancrer, lorsque l'obscurité aura gagné Grace River.

Alors que dans sa tête, il anticipe les gestes qui seront les siens lors de cette équipée nocturne, il sent une présence derrière lui. Il se retourne. L'aura le suit toujours puis devient caresse. Jordy sourit.

— T'as failli me flanquer la frousse !

Urla s'est posée sur son épaule. Sa petite tête câline la pommette de Jordy qui succombe un instant à ces douces chatteries.

— Tu ne m'en veux plus. Tu comprends que le monde des humains puisse être barbare et que je suis un humain.

Urla s'élance dans les airs et tournoie autour de Jordy. Elle est intelligente.

— Tu viendras avec moi ce soir ? J'ai affaire sur l'eau, poursuit Jordy.
— Non ? Comme tu voudras. Dommage, je t'aurais donné une bricole.

Urla hésite. La pie est intéressée. Mais non, pas cette nuit. Jordy a été trop méchant. Qu'il se dépatouille seul.

Déçu, Jordy rebrousse chemin. Il a encore beaucoup à faire. Il dormira peu car demain, tout doit être terminé.

Demain, c’est Noël.

25 décembre 2018

Jordy repousse les assiettes et les couverts sales qui traînaillent sur la table de cuisine depuis plusieurs jours. Chaque matin, quand vers onze heures il émerge et se dit :

— Aujourd’hui, je lave la vaisselle.

Puis, il va gratter dans le garage, s’éparpille au jardin et rentre vers midi pour manger et, … empiler une nouvelle écuelle dégoûtante. Mais ce jour n’est pas comme les autres. Pas question de sacrifier aux corvées ménagères. Il cherche le rasoir, qu’il a posé – il en est sûr – hier sur cette même table. Il fouine, chamboule le désordre. Rien n’y fait. L’appareil patiente comme à l’accoutumée, sur une chaise dans un coin de la pièce.

— Enfin, te voilà ! Il faut toujours que tu te caches.

Le remington ne répond pas, il connaît Jordy… Il va pouvoir se raser. Jordy se campe devant le miroir de supermarché, aimanté sur la porte du réfrigérateur. Le voyant de charge se met à clignoter en rouge : il est à plat ! Fataliste, Jordy le repose sur la table. Il le regarde désolé, puis le remet sur sa chaise.

— Chaque chose à sa place. Un peu d'ordre, ressasse Jordy qui se fera la barbe une prochaine fois.

Il n'y a plus de temps à perdre, il va être en retard. Il s'asperge d'une eau de Cologne à bas prix, ajuste la chemise blanche pas repassée que lui a offerte sa fille, néglige de se coiffer et enfile la vareuse noire que déteste son gendre.

Il se rince les mains pour la énième fois, craignant qu'un résidu de sang séché ne s'entête. Il est prêt. La voiture aussi. Il l'a chargée dans la nuit. Il est fier de ses cadeaux.

Il roule vers la petite ville de Warstreet, une coquette bourgade qui toise fièrement, du haut de son château médiéval, l'estuaire de Grace River.

Hélèna et Nicolas habitent une superbe demeure à l'entrée de la ville, nichée à l'abri du tumulte urbain dans un cirque de verdure.

À la mort tragique de Clarisse, sa maman, Hélèna, encore gamine, fit jurer à son père qu'il ne la quitterait jamais. Jordy promit, sachant que ce genre de serment ne résiste pas aux épreuves de la vie.

Hélèna épousa un haut fonctionnaire, issu d'une lignée de plus ou moins grands serviteurs d'état. Jordy n'avait jamais trop compris dans quoi il servait, ni à quoi il servait.

Mais il savait que son gendre, Monsieur Nicolas, comme était autorisée à l'appeler leur employée de maison, occupait une fonction importante, un machin politique ...

Hélèna semblait heureuse auprès du petit Ayden qui poussait à leurs côtés. Cela lui suffisait.

De ce serment, survécut une tradition, au demeurant assez répandue en Angleterre à laquelle ils ne faillirent pas. Ils partageaient ensemble le déjeuner de Noël, chaque vingt-cinq décembre. Le portail est ouvert. Jordy s'engage sur l'allée qui mène au logis. Sous les platanes fièrement alignés, des bouquets d'arbustes déplumés, flanqués de fougères jaunissantes dessinent un morne tableau. Les accotements défoncés par les agressions des sangliers avivent ce sentiment d'abandon hivernal.

Mais Jordy ne prête pas attention. Ses membres se sont contractés. Il sent ses yeux gémir et devenir humides.

— Comment tu as pu me faire ça ? remâche-t-il.

Depuis qu'elle est levée, Hélèna tourne en cage

dans le grand salon qui donne sur l'étang. La beauté du paysage, qu'ils ont façonné au fil des ans avec Nicolas, ne parvient pas à la calmer. Il ne l'avait avertie que tard dans la soirée. Elle avait alors, en vain, tenté de joindre son père.

— Papa, quand est-ce que t'écouteras tes messages ? regrette-t-elle.

Jordy hésite. La voie est trop étroite pour opérer un demi-tour, la marche arrière trop égrotante pour reculer.

Devant lui, ce fourgon imprévu, parqué devant le perron. Il sait que pour la première fois depuis vingt-trois ans, on va le priver de son noël.

Hélèna n'en veut pas à Nicolas. Elle aime cet homme droit et respectueux.

— Et puis, papa, fallait pas faire de conneries ! écume-t-elle en silence.

Soudain, Nicolas fait irruption, calmement agité.

— Hélèna ! La voiture de ton père dans l'allée. Tu ne l'as pas prévenu...
— J'ai essayé. Mais tu sais bien qu'il est fâché avec le téléphone.
— Bon ! Je les retiens..., un tour du plan d'eau. En attendant, arranges-toi pour le faire déguerpir.

— Oui chéri. Puis soulagée, elle pose un regard attendri sur son mari avant d'ajouter :
— Merci !

Jordy a stoppé le véhicule. Il a peur. Il ne veut pas peiner Hélèna, ni lui causer de soucis. Il n'a plus le temps : Hélèna se dirige désormais vers lui, d'un pas rapide, entrecoupé de gracieux sautillements afin de dépêcher sa progression. Il sort de la voiture et marche à sa rencontre.

Il ne peut écarter cette tendre pensée :

— Elle est belle !

Sa robe de satin blanc lui colle au corps dévoilant pudiquement des formes délicates, tandis qu'à intervalles réguliers, un zéphir facétieux en soulève la bordure, découvrant la finesse de ses jambes.

— Papa ! Ton téléphone, j'étais inquiète...
— Excuse-moi chérie, mais je ne pouvais pas te parler.
— Mais pourquoi ?
— J'ai commis une chose terrible.
— Mais de quoi parles-tu ? Tu me fais peur.
— Tu te souviens de Madame Gilette ?
— Oui, vaguement. L'ancienne factrice qui habite à l'orée du marais, près de chez toi.
— Parfaitement.

Jordy hésite avant de se lancer.

— Il lui est arrivé malheur ? insiste Hélèna.

Il ne répondit pas, puis, baissant la tête, il raconta. Comme chaque jour, ce mercredi 24 décembre, Jordy s'était arrêté chez Madame Gilette.

La vieille dame de quatre-vingt-huit ans lui confie ses courses et le charge de menus travaux ménagers.

C'était une petite femme plutôt grassouillette, ce qui la gênait dans ses déplacements, mais n'affectait en rien la bonne humeur et la joie de vivre qu'elle avait, pendant quarante ans délivrées, au cours de ses tournées.

Ce jour-là, Jordy trouva Madame Gilette prostrée dans son fauteuil en simili cuir, compagnon fatigué de sa vieillesse.

— Elizabeth, que se passe-t-il ? demanda Jordy, tout en explorant la poche de sa gabardine à la recherche d'un objet.
— Mon fils Théo a eu un accident d'auto.

C'était un accrochage sans gravité. Mais Théo ne pourrait pas venir la chercher cette année. Elle ne passerait pas les fêtes en famille à Puddletown, la lointaine métropole du sud. Elle ne verrait pas ses petits-enfants.

— Eh bien ! Ce n'est pas si terrible, interrompit Hélèna.

Indifférent à la remarque, Jordy poursuivit son récit. Il ne pouvait pas abandonner Elizabeth dans cet état. Il fallait qu'il fasse quelque chose. Une idée lui traversa l'esprit.

Lentement, il retira le couteau de chasse de la poche intérieure. Les billets et les pièces, monnaie des courses, se dispersèrent sur le sol. Elizabeth voulut se précipiter pour les ramasser mais Jordy l'en empêcha.

— Ne bougez pas !

Tandis qu'il chipait l'argent pour la lui remettre, Jordy lui décocha un trait qui la prit par surprise.

— Je vais vous emmener, vous ne passerez pas Noël seule.

Interloquée et soudain ravigotée, Elizabeth le pressa :

— Vous allez me conduire à Puddletown ?
— Pas exactement. Ma bousine ne serait pas d'accord. Elle roule moins bien que vous ! plaisanta-il.

— Vous allez venir à « Hillside », chez moi. Je vais vous bichonner un de ces gueuletons. Je viendrais vous chercher demain matin.

Hélèna n’écoutait plus. Elle avait compris.

— Tu ne peux pas rester déjeuner avec nous. C’est ça qui te chagrines.
— Oui ! Je ne tiens pas la promesse que je t’ai faite de toujours passer Noël auprès de toi.

Hélèna nourrissait des humeurs étranges et contradictoires. Effectivement, cette entorse à leur rituel annuel la contrariait. Mais oserait-elle lui dire la vérité ? Lui avouerait-elle que pour ce noël, pour la première fois, sa présence était indésirable ?

— Papa, ce que tu fais est très généreux. Comment pourrais-je t’en vouloir ?

Elle aurait bien ajouté : « Si tu avais répondu hier, on se serait organisé pour convier Madame Gilette ».

Mais elle repoussait pareille hypocrisie et souffrait déjà des conséquences de l’irruption inopinée de ses beaux-parents. Le regard de Jordy s’attarda un instant du côté du SUV noir, un modèle allemand qui paradait devant la maison.

Elle ne pouvait plus mentir.

— Oui, ce sont eux. Ils sont arrivés hier. Je te jure que ce n'était pas prévu. Nicolas n'y est pour rien. Il est désolé.
— C'est pas grave, puisque je mange avec Elizabeth... répondit-il rassuré que sa fille lui lâche la vérité. Cependant, se sentant mal à l'aise, elle voulut se justifier.
— Papa, c'est aussi ta faute tout ça ! La dernière fois qu'on a dîné ensemble, tu les as insultés.

Jordy sourit tristement. Il ne souhaitait pas se disputer. Il se souvenait précisément de ce dîner, un samedi à l'automne dernier où il rentrait, tout crotté, d'une journée de vendanges chez les Perkins. Impatient de retrouver sa famille, après des heures harassantes courbé sous la hotte, il avait eu la flemme de repasser chez lui pour se doucher.

— À quoi penses-tu ? le brusqua Hélèna.

Il ne répondit pas. Jordy contemplait la façade de « La Varenne », goûtait l'équilibre et la sobriété des ouvertures offertes aux largesses du sud. Il se voyait dans un violent orage d'été à l'abri de l'élégante marquise qui surplombait l'entrée et son arc Tudor. Puis, comme si cet instant de vide l'avait guéri, il se reprit :

— Avant de partir, puis-je embrasser Ayden ?
— Désolé papa, ton petit-fils est parti essayer son nouveau vélo sur la route de la forêt. C'est le Père

Noël, enfin, Margaret et Damian qui l'ont déposé cette nuit au pied du sapin. Il est enchanté…

Margaret et Damian, les Wilson, encore eux, les beaux-parents ! se résigna Jordy.

Évitant d'afficher une mine navrée, il s'apprêtait à partir quand Hélèna lui rappela :

— Tu n'oublies rien, papa ? La question ne l'étonna pas, tant l'étourderie embrouillait facilement son quotidien.
— Non ? rétorqua-t-il évasivement.
— Les cadeaux, papa ! Les cadeaux ! Tu viens toujours avec.

Les cadeaux, ceux de ce noël 2018, il ne les oublierait jamais.

— Écoute, je me fais vieux. J'oublie… Figure-toi ce matin, j'ai eu tellement de mal à démarrer « Gloria » que, lorsqu'elle a obéi, j'ai appuyé sur le champignon et filé, en les oubliant sur le seuil de la porte.

Il mentait. Hélèna qui connaissait bien son père le devina immédiatement. Comme elle ne voulait pas le contrarier, elle l'encercla de ses bras avec beaucoup de tendresse et d'un baiser délicat lui effleura la joue.

— C'est pas grave mon petit papa. Tu repasseras dans la semaine. J'expliquerai à Ayden.

Gloria rechigna une fois encore, brisée par tant de kilomètres parcourus sur des sentiers forestiers et des ouillères inhospitaliers. Ils quittèrent « La Varenne », elle crachotant l'encre noire de ses poumons, lui triste.

Le général n'était pas un mauvais homme. Il participait à cette caste de soldats, fruits gorgés de culture académique, qui avaient surtout connu le feu les soirs d'hiver, quand les flammes ronflaient dans l'âtre.

Le père de Nicolas ne tirait aucune gloire de son étoile qu'il attribuait galamment à la conquête de son épouse.

Quand, ce maudit samedi, l'intrusion dans la salle à manger de ce compère encrassé, dévoila le caractère du personnage. La négligence de Jordy ne le touchait pas personnellement. Un combattant se doit d'endurer en silence les moindres vexations.

Mais l'homme du monde, le vétéran des salons ne pouvait tolérer — Oh grand Dieu non ! — que l'on outrageât de la sorte sa belle-fille et son fils sous leur propre toit.

— Eh bien ! Quel appareil, lança-t-il goguenard.

Jordy salua d'un « bonsoir » timide, feignant de ne rien avoir entendu. Mais ce soir-là, le général, émoustillé par la visite des caves de Browny Castle, se rabibocha avec ses anciens usages de garnison qui n'incluaient pas la tolérance.

— N'est-ce pas la paresse, le braconnage ou l'ivresse qui provoquent habituellement un tel laisser-aller ?

Margaret qui souvent subissait l'arrogance de son mari intervint.

— Damian suffit maintenant ! reste poli...
— Mais ma chère, les vérités ne sont jamais des insultes.

Jordy ne disait rien. Il aurait voulu disparaître. Il n'avait ni l'éloquence ni la vivacité d'esprit pour tenir tête à la soldatesque. Hélèna, affairée en cuisine échappa au carnage, tandis que Nicolas profita d'un ange pour risquer une diversion.

— Que diriez-vous d'un verre de Cherry ?
— Un soldat qui porte l'uniforme sans s'être jamais bougé le postère, n'est-ce pas ce qu'on appelle un faux derche ? décocha Jordy à contretemps, glaçant l'assistance.

Personne ne l'avait jamais traité avec autant de verdeur. Un orage silencieux prit la pièce d'assaut. Jordy se souvient. Pourquoi ne pas avoir pris cette douche ? Gêné et à cours d'idée, craignant la réaction, il enfonça le clou.

— Les vérités ne sont pas des insultes.

Le général eut probablement cuvé le juron, mais Damian ne supporta pas qu'un être aussi frustre que Jordy puisse lui voler sa propre tournure d'esprit. Il se sentit humilié devant les siens. La suite, Jordy préférerait l'oublier. Elle perturbe encore son sommeil.

Gloria peine à gravir la côte de Montville. Pour la soulager, il rétrograde en seconde. Aussitôt la vieille princesse le remercie d'un rugissement mécanique et reprend sa course. Ils atteignent bientôt Crossing Road, l'embranchement qui sur la gauche, fuit en tortillant parmi les caillasses et les ornières en direction du canal Saint Georges.

La maison de madame Gilette occupe la pointe extrême d'un triangle herbeux formé par deux voies. C'est une bâtisse de modeste dimension qui égaye de sa blancheur le triste paysage uligineux. Des volets peints de ciel bleu de chaque côté des fenêtres complètent l'harmonie douce de cette chaumière qui ressemble tellement à sa propriétaire.

Gloria connaît le chemin. Elle se range devant le portillon qui ferme le jardinet, exhale une dernière fois et ferme les yeux. Elle sent déjà dans ses veines se figer le flot de carburant et se refroidir l'huile du moteur. Elle va pouvoir se délasser.

Urla n'a pas attendu que Jordy sorte de la voiture. En quelques battements d'aile, la voici qui atterrit dans le poulailler au beau milieu des cocottes qui regardent d'un mauvais œil cette bachelette si bien fringuée.

Jordy a déposé le courrier sur la table de cuisine. Lui qui souffre d'une phobie administrative[1] et entasse chez lui une ribambelle de plis non décachetés, s'applique à identifier chaque lettre pour ne rien laisser passer.

Il a l'habitude. Chaque fois que madame Gilette s'absente, pour rendre visite à Théo, il accomplit pour elle cette corvée paperassière, bien qu'il préfère nourrir ses protégées. Kinder, le cochet a repéré Urla. Une poule de la ville ?

— Un peu vulgaire ces bottes noires qui remontent jusqu'aux cuisses ! pense le bravache.

Il s'approche crânant, la démarche assurée. Urla garde un œil sur lui. Elle connaît l'esprit volage du chef de basse-cour. Avec la légèreté et la grâce d'une fée, elle volette, se soulève et s'agrippe au grillage hors de portée du casse-cœur.

---

[1] *Maladie incurable importée en Angleterre par les Français.*

Soudain, la volière s'anime. Les graines pleuvent sur les gallinacées, bientôt suivi par une averse d'épluchures de légumes.

Jordy aime donner à manger à ses copines. Les caquètements de Praline, Louna, Vénus ou encore Darling — il les connaît toutes — réchauffent sa poitrine qui se gonfle de plaisir.

Kinder, embesogné dans son improbable marivaudage réalise qu'il va rater le service. Goujat, il accourt, bouscule, joue des ailerons. Oubliée Urla…

Gloria déteste ce moment. Il insiste. Le démarreur la chatouille. Elle renâcle.

— Tu vas démarrer ! s'impatiente Jordy.

Gloria en bave. Le chemin du marais, chaotique en diable martyrise sa carcasse, réveille les rhumatismes de ses cardans. La boîte de vitesse râcle à chaque changement de rapports. Enfin le dernier mile.

Les eaux grises du canal signalent l'arrivée prochaine. On aperçoit « Hillside », grise masure allongée dans un fonds de verdure, cernée de saules, d'aulnes et de robiniers qui complotent avec le vent.

Jordy sent battre son cœur. Un mélange de sensations se presse. La satisfaction de retrouver son chez soi qui le préserve de tous les maux, n'adoucit pas les meurtrissures d'un noël avorté.

Il se console de son mensonge : il est convaincu qu'Hélèna a gobé son histoire de réveillon avec madame Gilette.

Urla a pris les devants. Elle surveille Jordy qui décharge la malle. Il hésite, fixe un objet dissimulé sous une couverture. Une larme de regret dépose un filet de propreté sur sa joue.

Enfin, il se décide. Il découvre le vélo d'enfant et le balance rudement à terre.

— Il était pourtant beau…

Quelques semaines auparavant, Jordy avait récupéré la bécane amochée à la déchetterie de Warstreet. Des jours durant, il s'était appliqué à lui rendre une âme et l'apparence du neuf. Tout ça pour rien.

Pendant ce temps, Urla trépigne. Elle s'impatiente. Ce n'est pas la bicyclette qui la préoccupe. Jordy le sait. Mais il n'est pas d'humeur à discuter.

Il va dans la remise chercher une pelle, et transporte le sac au fonds du parc. Urla s'agite.

— Qu’est-ce que tu croyais ? Que j’allais les bouffer ?

Jordy sort les deux pigeons et les enterre soigneusement. La veille, il les avait tués et passé toute la soirée à les préparer : des pigeons au sang. Il n’avait rien oublié. Il connaissait la recette sur le bout des ongles :

« Une tasse pour le sang, dans laquelle on aura versé un filet de vinaigre bio et autant de vin. Après les avoir nettoyés, on place les pigeons dans une casserole avec des oignons, des carrés de carottes et un peu de lard râpé. On épand les épices : une feuille de laurier, un brin de thym, et une gousse d’ail. On laisse revenir puis on ajoute un verre de chardonnay du Hampshire qu’on laisse réduire. On termine d’assaisonner et verse deux cuillerées à soupe de coulis de framboise. On laisse cuire pendant 30 minutes. Pour finir, on change les pigeons de récipient, et on passe la sauce dessus. Deux minutes avant de servir, on fait bouillir et on jette le sang dedans, en veillant que l’ébullition ne reparte pas. »

Il donnerait cette recette à Hélèna la prochaine fois.

Quand il revint vers la voiture, il s’avisa que le deuxième sac était vide. Il aperçut bien dans les hautes herbes, les anguilles qui rampaient. Une pulsion inexplicable les poussait vers le canal Saint Georges. Bien qu'il eût galéré, la nuit dernière, de longues heures dans la froidure à les pêcher, il feignit de ne rien voir et se dirigea vers la maison.

D'un vol rapide, Urla se rua vers lui, criante d'une joie contenue. Elle vint se nicher contre son cou. Jordy sentit le bouillonnement de son petit cœur.

Il fouilla dans sa poche intérieure et en tira le bonnet rouge de Père Noël destiné à Ayden. Il jugea que c'était le moment de le mettre.

•••

CHAPITRE 2

ÉCHAPPÉES BELLES

Les trembles dodelinent doucement leurs fronts dégarnis. Gloria les voit courir à droite de la chaussée. Le district, après avoir déraciné des milliers d'arbres en bordure de route au cours des décennies précédentes, reboise depuis quelques temps les bas-côtés au vent, pour protéger les automobilistes des sournoises tourmentes hiémales.

Gloria roucoule. Elle est ravie. Ce vendredi est un grand jour.

Pour la première fois de l'année, elle a eu droit à un bain. L'eau était glacée, mais quand Jordy avait sorti le tuyau d'arrosage, elle avait compris qu'aujourd'hui, elle irait à la ville.

Gloria n'est pas de la région. Elle est née il y a très longtemps, au nord de la Tamise, dans un faubourg industriel de Coventry. Elle ne se souvenait plus de ses origines, car très jeune, elle avait échoué sur les rivages de Grace River, dans des conditions qu’une automobile ne saurait comprendre.

Jordy avait fini par se décider. Non pas que les recommandés qui s’amoncellent sur le buffet, l’impressionnent. Il ne les a pas ouverts. Non ! Seulement une envie de bougeotte…

Mais pour se rendre à Crimsonbeck, l’agglomération, qui au fil des ans, a concentré toutes les énergies, vidant les campagnes de leurs âmes, il songeait à se faire beau.

Ce matin, il s’était tiré du lit de bonne heure. Dès dix heures, il farfouillait dans la grange au milieu d’ustensiles déprimés, empilés sans amour, captifs de son obsession qui les privait d’une existence normale.

— Putain ! Où est passé ce fichu raccord ? jura-t-il.

Sous la douche, la première de l’année, il avait pas mal gambergé. Il allait la revoir.

Gloria s’agaçait des klaxons des nerveux de la pédale qui lui collaient aux fesses. Elle leur aurait bien fait un doigt. Mais Jordy n’entendait rien. Il rêvait.

Elle avait des raisons d’être satisfaite. Toute la journée, elle roulerait sur des routes en soie, loin des crevasses et de la pierraille qui, de coutume, suppliciaient ses goodride rechapés. Elle n'aurait pas à supporter cette prétentieuse agasse, entichée de Jordy. Car, lorsqu'il rendait visite à Nelly Richard, il bouclait Urla dans sa cage.

Elle s'assoupirait des heures au chaud, bullant au fond du parking souterrain, reniflant les suaves vapeurs de gazole, en attendant qu'il ait fini son affaire.

L'eau dégouline sur le visage de Jordy. Ses cheveux noirs lui camouflent les yeux. Il frissonne. La chaudière est en panne depuis plusieurs semaines.

Urla enrage dans sa tôle, une petite gloriette en osier que Jordy a bricolé à son attention, avec des rognures de nasses à anguilles. Elle sait qu'il n'aime pas quand il doit l'enfermer.

En réalité, il balise car Urla n'aime pas Nelly.

Jordy se regarde dans la glace. Il ne se plaît pas.

— Ça va changer ! promet-il au miroir.

La maison tremble. Les portes claquent, balayées par un insaisissable courant d'air. Les meubles grincent.

Quand Jordy se décide à agir en homme, la

maisonnée s'inquiète. Elle redoute ses audaces.

Tous les objets, bibelots, zinzins se tiennent peinards. Plus un bruit.

Jordy ouvre le tiroir de gauche du vieux buffet campagnard que lui a donné madame Gilette. Celui de droite respire. Pas pour longtemps... Il n'a pas trouvé.

— Où sont-ils passés ?

Elle a compris. Elle serre les pinces. Inutile... Jordy a empoigné la paire de ciseaux et sans ménagement attaque sa tignasse dont les boucles brunes réchauffent bientôt le carrelage de la cuisine.

Le balai de paille, blotti contre la manteau de la cheminée se frotte les crins : il y aura du bon temps pour lui.

Urla s'est calmée. De sa geôle, elle zieute Jordy qui s'apprête comme un premier communiant. Elle piaille en voyant le résultat.

— Avec la boule à zéro, on dirait Jason Statham.
— N'exagère pas, s'excuse Jordy flatté, en lui tendant un biscuit à travers les barreaux.

Elle tend le bec puis se ravise, grognonne.

— Tout ça pour une pouf !
— Boucle-là ! conclut Jordy.

La route qui relie Montville à Crimsonbeck est d'ordinaire très fréquentée, à cause de la centrale électrique qui occupe des centaines d'employés. Mais le vendredi, les gens ne bossent plus.

Maintenant, Gloria glisse mollement sur le macadam. Jordy ménage la dame : cette Triumph Gloria des années cinquante qu'il sauva de la casse de Saint Christopher.

Il l'avait réparée, parcourant des miles pendant des mois, en quête d'un phare, d'une culasse, d'un disque d'embrayage ou d'une courroie d'origine.

Enfin, Hélèna, ses études achevées, consacra sa première paie à revêtir Gloria de cette jolie robe vert bouteille, rehaussée d'élégantes ailes couleur châtaigne.

Ici, tout le monde connaissait Gloria. D'aucuns s'offusquaient de voir cette merveille aux mains de pareils loqueteux. Eux s'en fichaient et poursuivaient leur chemin.

L'éclosion des ronds-points fleuris, au fil des ans avaient prolongé la durée du trajet et paraît-il, les vies. Crimsonbeck n'attirait plus les habitants des campagnes qui ne s'y rendaient que pour satisfaire des besoins impérieux. C’était le cas de Jordy.

Cette route qu’il avait tant arpentée, ravivait des souvenirs. La nature s’était excusée devant les tentacules de la Babylone.

Les senteurs des champs et des labours frais, les effluves des bois qu’on brûle dans les rangs de vignes, agonisaient dans le remugle de la pollution urbaine.

Les bordées en boîte, les frasques amoureuses, les nuits avinées, les filles d’un soir, l’inconscience des jours, défilaient à la vitesse des peupliers.

Jordy renouait avec son passé frivole et rallumait en lui cette excitation charnelle, ce mystère venimeux de l’excès qui culbutent les sens. Le sang inondait son corps, gonflait les organes, pour nourrir une énergie dévastatrice de la raison.

Sans le vouloir, il écrase la pédale. Gloria est surprise. Elle se cabre puis obéit, accélère et jouit de plaisirs encrassés depuis si longtemps dans sa carcasse fêlée. L’appel de la volupté les unit dans un parfum de jeunesse infini.

Nelly s’impatiente. Elle sait qu’il muguette le retard par dégoût de l’ordre établi. Mais, elle n’oublie pas que souvent, malgré les promesses sincères au téléphone, il ne vient pas.

Elle aime cet homme grand et fort qui ne parle qu'avec des mots simples déboursés avec l'avarice des grands timides. Elle voudrait l'aider au-delà de ce que lui autorise sa condition de femme publique. Mais, le peut-elle ? Le veut-il ?

À l'approche de Clifton Square, Gloria ralentit.

Jordy hésite. Il faut tourner à gauche. Tout droit, le boulevard franchit le pont qui enjambe Grace River. Jadis, ce parcours lui fut familier. Il devra un jour renouer avec son passé et pardonner au fleuve ses atrocités.

Gloria a décidé. Elle prend à gauche. Le malheur attendra.

— Viendra, viendra pas, le bel homme des bois ? asticotent deux collègues de Nelly qui s'est aventurée jusqu'à l'accueil entre deux rendez-vous.

— Retournez au boulot, la journée n'est pas finie ! houspille-t-elle sèchement les plaisantes, avec l'autorité naturelle d'une cheffe de bureau.

Les deux commères, d'un pas léger regagnent leurs alcôves. Nelly songeuse, médite :

— Elles au moins, elles aiment ce qu'elles font !

Elle est embarrassée, tenaillée entre ses

sentiments et sa condition, sur le point de regretter leur rencontre deux ans plus tôt, lorsqu'elle était placée à Warstreet. Depuis, les choses ont évolué. Le business a été rapatrié sur Crimsonbeck par souci d'économies, dans cette « maison close » flambant neuve. On avait, pour un peu d'aisance, dilapidé ce qui restait, dans ce métier, de proximité et d'humanité. Elle regrettait l'enquête. Elle n'aurait pas dû y impliquer Jordy.

Gloria l'avait entrainé malgré lui. Il apercevait au loin l'imposant cube moderne accolé au bord de l'eau, cet édifice qui avait déchiré les édiles lors de sa construction et déchaîné les passions de l'opposition municipale, indignée de son implantation face à la cathédrale millénaire. Jordy n'est plus sûr de lui.

Il est attiré par cette fille grêle au teint méditerranéen. Malgré leur grande différence d'âge, c'est surtout son turbin qui le gêne. Il la sait dominatrice et doute d'une inclination honnête pour lui.

Il avait été estomaqué d'apprendre que Nelly le considérait comme un « invisible ». Il avait approfondi les significations possibles de ce mot mais il n'avait rien déniché de positif.

Gloria marqua le pas. Pratiquement au pied du bâtiment, s'était formé un attroupement, que tentait de disperser une floppée de policiers. Ce n'était pas la première fois que des manifestants essayaient d'assiéger le cube.

Jordy ne s'en étonnerait pas si nous n'étions un vendredi, jour où la morale chancelante des gauchistes s'autorise une trêve apéritive.

À travers la foule, il a remarqué un je-ne-sais-quoi bizarre. L'affaire doit être sérieuse, car une estafette bourrée d'hommes en uniformes déboule dans un vacarme de sirènes et de gyrophares.

Tant pis pour le rendez-vous, il le manquera encore. Nelly comprendra.

— Bouge pas, je vais aux infos, céda-t-il machinalement à Gloria.

Nelly s'agace. Elle déteste qu'on la fasse poireauter. Et surtout, de la part d'un homme à qui elle consent des faveurs, c'est le bouquet.

— Cette fois-ci, mon coco, tu vas voir. Tu ne vas pas t'en tirer comme çà… tu viendras me supplier.

À peine éclose cette minable intention que déjà elle la regrette. Ce n'est pas elle, pas la vengeance. Pour se calmer, pour se donner de l'air, elle arpente à grands pas la pièce qui, soudainement lui semble se rapetisser, tant sa démarche emprunte un mouvement ample et précipité.

Tout son corps vibre d'une voluptuaire colère et ses yeux d'ébène crachent un incendie alarmant.

— Les pompiers ? Non, s'exclame-t-elle, recouvrant un grain de sérénité.

On ne confond pas les soldats du feu avec la police. En tous cas pas elle, dont le gagne-pain lui impose la fréquentation régulière de telles autorités.

— La police ! Ce sont les sirènes de police. Que se passe-t-il ?

Au moment d'écarter les rideaux pour mieux démêler ce qui se passe à l'extérieur, elle se ravise et dans un déhanché lascif revient sur ses pas et se farde les lèvres d'un exquis rouge cœur.

Subtile coquetterie ! Nelly se figure-t-elle qu'en s'approchant des ouvertures, elle s'exposera à de nouveaux regards concupiscents ?

Du quatrième étage, elle culmine la scène. Elle discerne les agents qui s'évertuent à contenir les badauds au-delà d'un périmètre de sécurité. Elle réfléchit :

— Ce n'est pas un attentat. Tout le monde se serait mis à couvert.

Les forces de l'ordre encerclent le véhicule. Certains sont armés, mais pas tous. Nelly distingue nettement deux gendarmes discutant, apparemment peu inquiets, à quelques mètres. Elle est de plus en plus intriguée.

— C'est une voiture ! Qu'est-ce qui peut bien justifier une telle curiosité et un tel débordement de moyens ? se demande-t-elle.

De sa position, haute et lointaine, l'habitacle lui est masqué par la frondaison du grand marronnier.

Un officier s'emploie, gesticulant dans une carmagnole parfaitement policée.

— Capitaine Morgan, soupire-t-elle.

Elle connaît très bien ce gradé, un habitué de la maison. Un vrai gentleman qui regorge d'intelligence et de tolérance, ce qu'on imagine rarement dans ce lieu, d'un commandant de Compagnie Républicaine.

À chaque évènement, il ne manque pas l'occasion de porter un ballotin de fondants ou un panache de fleurs parfumées, qu'il dépose toujours avec la même excuse discrète d'un céladon embarrassé. Les filles l'adorent.

Nelly lui demandera ce qui se mijote. En attendant, elle a des préoccupations plus urgentes. Les sirènes se sont tues.

— C'est bien ce que je pensais, grommelle Jordy en fendant la meute des curieux.

L'essaim populeux se décompose au contact de cette stature puissante, dont le regard fulminant sourd d'une colère bien réelle.

— Que vont-ils lui faire ? Ils sont fous…

Désormais, il entrevoit clairement l'habitacle.

— Une voiture volée, il paraît qu'elle est là depuis trois jours, explique un quidam bien informé.
— Trois jours ! peste Jordy.

C'est une somptueuse berline. Une Italienne récente qui brille des atours de son modernisme malgré les coups endurés pendant son kidnappage.

Ses yeux ! Il a vu ses yeux flamboyants.

— Ils vont l'achever, affirme le même quidam. Jordy s'est rapproché du gendarme qui tient un long fusil à l'apparence singulière.
— Qu'est-ce que vous comptez faire avec ça ? demande-t-il au pandore qui l'ignore.
— Vous allez le tuez ? s'obstine Jordy.

— Juste l'endormir, reculez s'il vous plaît ! C'est un fusil hypodermique.
— Vous allez vous plantez, marchera pas vot' bicule...
— Et pourquoi donc ? s'inquiète le brigadier Collins qui a tout entendu.
— C'est simple. Regardez. Il est enfermé, sans boire, ni manger depuis plusieurs jours, terrorisé par tout ce ramdam.
— Et alors ? Je vais le calmer ! Ça va pas être long...en remet le gendarme.
— Je te souhaite bien du courage. Dès que t'auras ouvert la porte, il va se débiner. Il mettra moins de deux secondes à se carapater. Et si tu tires, tu risques de dégommer un de ces couillons, railla Jordy, en désignant la populace.

Le capitaine Morgan qui se tenait non loin de là, intrigué par cette voix, s'approcha :

— Vous avez l'air de vous y connaître. Quelle est votre idée ? Puis, sans attendre la réponse.
— Nous nous sommes déjà rencontrés ! Vous habitez le quartier ? enchaîna Morgan, le regard ailleurs, inspectant en vain les étages du cube.

L'architecture futuriste, mêlant audace et simplicité, par un savant système d'écailles métalliques argentées censurait toute incursion visuelle venue de l'extérieur protégeant l'intimité des occupants, tout en leur dispensant de larges bains de lumière. Les charmes d'une maison close. De là où ils se tenaient, ils ne pouvaient apercevoir Nelly. Jordy qui avait repéré l'intérêt architectonique du capitaine, hésita, gêné, avant de répondre.

— Non je ne suis pas de Crimsonbeck.

Fuyant le regard du capitaine, il expliqua que le chien, un berger de bonne taille ne constituait pas réellement un danger.

Sa captivité prolongée, les privations subies et la peur pouvaient le rendre agressif. Il fallait être prudent, mais le flingue n'était pas nécessaire pour le capturer.

— Se saisir du collier !

Le capitaine finalement, donna son accord.

— C'est bon ! Allez-y, ordonna-t-il, tout en continuant de lorgner Jordy.

À sa demande, on déposa un bol d'eau près de la roue arrière. Pendant qu'il enturbannait fermement un sac de chantier autour de son bras, sa main palpait la poche de son pantalon.

— Brave fille, généreuse Urla ! murmura-t-il pour lui.

Lentement, avec beaucoup de précaution, il entrouvrit la portière, passa le bras à l'intérieur et commença à parler avec ce nouveau compagnon, sans quitter ses prunelles enflammées.

— Calme, calme ! commande Jordy d'une voix bienveillante, tout en guignant l'animal qui avait amorcé un mouvement de repli sur la banquette.

Il en profite pour se glisser dans la voiture, et s'approcher à quelques centimètres. La bête se met à gronder, retroussant les babines, montrant les crocs.

Dans l'instant qui suit, le chien attaque et lui mord le bras. Malgré la protection de fortune, la morsure est douloureuse.

Jordy maintient la mâchoire du cerbère et le repousse avec force enfonçant l'avant-bras dans sa gueule pour desserrer l'étreinte.

Il n'a pas cessé de lui causer, toujours avec la même gentillesse. De l'autre main, il a empoigné le collier. Il ne tire pas, il ne cherche pas à le soumettre.

La pression faiblit. Les chairs mâchées revivent. L'animal lâche prise et aboie.

L'homme amorce un geste lent, comme un mouvement de danse. Il veut lui caresser les flancs, l'apaiser mais le molosse persiste et l'épingle une nouvelle fois.

La comédie se répète à plusieurs reprises. Le temps passe. Dehors, le brigadier Collins tripote le fusil, simulant d'ultimes réglages. Il s'impatiente.

Le dernier assaut, une déchirure que n'ont pu éviter les restes dépenaillés du sac protecteur, asticote Jordy qui tranche pour un procédé radical.

Il se rapproche avec précaution de l'animal, jusqu'à en frôler l'encolure peluchée. Sa fourrure câline réchauffe sa blessure et soulage la douleur. D'un coup sec, il lui croque l'oreille.

Dans un réflexe brusque le chien relâche sa proie, pousse un gémissement et tente de s'échapper.

— Là, là, répète Jordy sans emportement.

Maintenant, il tient résolument le collier et caresse les côtes de l'animal qui fixe étonné ce bonhomme en dodinant la tête.

Il retire de sa poche la galette destinée à Urla. L'animal se jette sur la friandise et l'avale d'un coup.

Le collier n'a rien révélé. Pas de plaque. Pas de nom. Pas d'adresse.

— Tommy Dewell ! Tu t'appelles Tommy Dewell. sourit Jordy à son nouveau compagnon qui dédaigne de le remercier, trop occupé à étancher sa soif jusqu'à en chavirer la gamelle.

Le capitaine Morgan eut l'air très impressionné.

— D'où tenez-vous ce don ? Les animaux vous écoutent…
— Sans doute, parce que, comme eux, je me méfie des humains.
— Hum ! Vous ne m'avez pas donné votre adresse.
— Non.

Il répugnait, vu sa situation, à commercer avec un représentant de l'ordre, ce qui ne découragea pas pour autant ce dernier.

— Vous allez accompagner le chien à la fourrière, pour plus de sécurité et là, vous laisserez vos coordonnées au brigadier Collins. Je vous remercie, je dois m'intéresser au voleur. Encore une chose, Collins vous ramènera ici, bien sûr.

Jordy ne réagit pas. Il observa le capitaine qui s'éloignait et nota qu'il regardait vers les étages du cube.

— Nelly ! Faudra que je l'appelle, se dit Jordy.

Alertée par le bourdonnement des moteurs, Nelly

s'était de nouveau mise aux fenêtres. Elle vit tout le monde s'en aller.

Le coup d'œil du capitaine vers les étoiles la toucha d'autant plus qu'il ne pouvait la voir. Mais son cœur se pelotonna quand elle vit le brigadier Collins presser Jordy de monter dans le car de police. Tommy Dewell était déjà à l'intérieur du véhicule. Elle ne le savait pas.

— Qu'est-ce que t'as encore fabriqué ? Dans quelle panade, tu t'es fourré ? se demanda Nelly, attristée.

Pour rejoindre la fourrière municipale, le panier à salade se dirige vers Clifton Square. À l'approche du pont, comme à l'habitude, Jordy tressaille. Des voix douloureuses réveillent des cicatrices endormies.

— Jordy, tu pourrais aller chercher du pain ?
— Je finis mes copies, j'en ai pour un quart d'heure...

Une porte claque. Dans le lointain, une plainte de femme s'essouffle :

— Toujours la même chose, on peut pas compter sur lui !

Puis, le silence emprisonne la demeure. Jordy reste seul, continuant de corriger les devoirs. Le courant de jusant violente les piles du pont bavant d'une écume blanchâtre, auxquelles des branches agonisantes accrochent leur désespoir.

Il se souvient. C'était il y a longtemps. Très longtemps…

Près d'une demi-heure s'est écoulée depuis qu'il a terminé de malmener l'ultime copie qu'il balafra d'un rouge assassin. Malheureux élève, ce n'était pas le moment. Malgré les nuages sombres chassés de la mer du nord, le ciel reste étonnamment clair. La nuit qui commence à tomber, épargne les eaux de Grace River qui s'éclairent d'écailles argentées. Il attend, assis au bord.

Il repense à leurs derniers instants, à la violence de leur dispute, aux gestes regrettés …

Les averses féroces et froides ne le distraient pas de ses pensées. Il hésite, puis, à contrecœur, retourne dans la maison, dans son bureau où, animé d'un remords passager, il retouche quelques copies notées avec trop de sévérité.

Par la fenêtre, il surveille la pluie, vise l'instant où la bouée d'eau saine penchera vers l'aval. La marée alors refluera vers l'océan et le fleuve sera purifié de ses méfaits. De ses cheveux détrempés ruissellent de grosses gouttes d'eau qui sur ses joues, signent autant de larmes pudiques.

Quand la sonnette retentit, Jordy ne broncha pas,

comme soulagé.

Puis, l'insistance du timbre et la fréquence des impulsions trahirent une présence étrangère.

Il quitta sans empressement son bureau et emprunta le corridor qui conduit jusqu'au le vestibule. La fenêtre qui donne sur le jardinet scintillait des lointaines lucioles que la nuit tombante allumait sur la rive opposée de Grace River.

À la porte, l'intrus, loin de se décourager, tambourine violemment.

Quand enfin il ouvrit, et découvrit la qualité de son visiteur, dans un chavirement de son âme, il comprit que sa vie ne serait plus comme avant.

— Capitaine Morgan. Vous permettez que j'entre ? se présenta l'officier.

C'était il y a très longtemps…

•••

Les lumières naissant dans les bureaux, transformaient la face écaillée de l'immeuble en un colossal gruyère phosphorescent.

Nelly était songeuse, animée d'un mauvais

pressentiment. Alors qu'elle s'apprêtait à rappeler le capitaine Morgan, Betty fit irruption dans la pièce sans frapper.

— Il n'est pas venu, Dewell. Ça ne peut plus durer ! s'exclama la secrétaire en jetant brutalement les papiers sur le bureau de sa cheffe.
— Que vous arrive-t-il madame Shilling ? Vous savez bien que Jordy – elle se reprit – monsieur Dewell ne se rend jamais à la première convocation. Rappelez-vous, c'était la même chose quand nous étions à Warstreet. Et à la fin, nous finissions par tout régler. Vous ne croyez pas que vous exagérez un peu ?

— Exagérer ! Cela fait des mois que vous différez l'arrêté d'expulsion. Il n'y a pas un jour où le propriétaire ne m'engueule au téléphone. Vous devez ouvrir les yeux et – elle hésite – mettre de côté votre inclination pour ce type.

Nelly savait au fond d'elle que sa secrétaire n'avait pas tort, mais la cheffe de district, madame Richard ne pouvait tolérer la remontrance.

— Merci, madame Schilling, je sais ce que j'ai à faire. Vous pouvez disposer.

Betty vexée, sortit sans fermer.

Nelly regretta son geste d'autorité car elle appréciait cette assistante dévouée. Sans elle, elle était infoutue de gérer le service.

L'expulsion, l'enquête sur les « invisibles », et maintenant, l'arrestation de Jordy. Cela faisait beaucoup. Trop de choses la séparaient de cet homme.

En dépit de cela, la seule pensée de cet ermite au regard farouche gommait ses tracas quotidiens et enfiévrait tout son être. Sans doute, n'étaient-t-ils pas faits l'un pour l'autre ?

Betty, l'air contrit, se représenta ...

— Je vous prie de m'excuser, je n'aurais pas dû...Mais, je fais ça pour votre bien. Vous avez l'âge de ma fille et...

— N'en parlons plus. Je suis sotte. Reprenons. Allez me chercher le dossier des « invisibles ». Madame Schilling s'exécuta, ravie d'avoir remis Nelly sur de bons rails.

La responsable administrative du district, lors d'un symposium syndical avait été frappée en prenant connaissance de la thèse d'une doctorante française, Claire Bernot Caboche, sur les « invisibles ».

Sous ce vocable, l'auteure désignait tous les individus, décrochés socialement qui ne se trouvent, ni en éducation, ni en formation, ni en emploi, ni en accompagnement.

La lecture de ces travaux lui fit prendre conscience de l'ampleur de ce phénomène qui touchait plusieurs millions d'individus en Europe.

Elle réalisa que les actions multiples de l'état envers les déshérités de tout poil, dont elle se figurait le rouage local, n'atteignaient pas ou si peu cette population croissante d'exclus du système.

Elle fut convaincue de tenir là un sujet qui la sortirait de l'inanité de ses fonctions routinières. C'était sans compter sur les embûches d'une telle croisade.

Madame Schilling, avec son franc-parler, tenta bien de la dissuader :

— Comment voulez-vous que nous trouvions des solutions pour des inconnus alors que nous sommes incapables d'aider ceux qui se présentent à nous ?

Cette critique de l'administration vue du sérail pouvait paraître terrible, mais en réalité, cette petite société autocratique, captive d'une sorte de fatalité, s'en accommodait fort bien et n'envisageait nullement de réformer ses pratiques.

Il convenait d'abord d'identifier ces « invisibles »

que l'on croisait vraisemblablement dans la rue ou à la supérette, sans les remarquer.

Et là, nos deux femmes, petites bourgeoises de bonne volonté, mais totalement dépourvues de moyens, ne surent comment aborder le problème.

Comme elles étaient sympathiquement déjantées et sensibles à la gente masculine, elles ne mirent pas longtemps à comprendre qu'il leur fallait un allié bien placé, susceptible de mettre la main sur ces « invisibles ».

Le district Nord qui s'étendait sur la rive droite de Crimsonbeck jusqu'au-delà de Warstreet, était alors commandé par un officier de caractère, le capitaine Morgan.

Un militaire accompli qui avait, dans sa jeunesse, joué sur plusieurs théâtres de guerre avant de venir orchestrer la garnison policière de cette contrée paisible. Il y menait une vie médiocrement mondaine où les honneurs dus à son grade étoilaient pauvrement sa condition de fonctionnaire impécunieux.

Mais avant tout, Morgan était un très bel homme à l'allure altière, soigné à l'extrême malgré un visage discrètement buriné qui confortait l'idée qu'il avait pu souffrir. Un mâle endimanché comme les aiment les créatures libérées.

Qu'il fût célibataire, ce dont la plupart des donzelles du pays se fichaient, lui conférait auprès de certaines, plus sérieuses ou enclines à tomber amoureuses, un attrait supplémentaire.

Les motifs pour un représentant de l'ordre, d'en référer aux services de l'État ne manquaient pas. Et on peut dire, que ces derniers temps, depuis la nomination de madame Richard à son poste, Morgan, dans tous ses états, fréquentait assidûment les antichambres du royaume.

Aussi le voyait-on régulièrement déambuler dans les couloirs de la maison, porteur d'informations sans intérêt ou quémandeur de consignes stériles.

Madame Schilling, Betty, un agréable petit bout de femme brune, épargnée des outrages du temps, avait depuis longtemps relevé le manège de cet Apollon galonné.

Si elle n'avait été mariée et profondément fidèle au patrimoine de son époux, elle eut allègrement sauté le pas.

Mais, lui ne la voyait pas. Il n'avait d'yeux que pour Nelly, ce qui amusait la basse-cour du district.

Laquelle eut l'idée en premier ?

Probablement Betty, la plus chevronnée et surtout

la plus chipie des deux. Elle aborda sa proie avec rosserie, ce vice exquis que seules les femmes possèdent. Le capitaine n'avait aucune chance et pour Jordy Dewell, bien à son insu, les tracasseries commençaient. Morgan mit ses équipes sur le coup.

Il confondit tout. Pour lui, sans le moindre discernement, ces êtres qui survivaient en lisière de la société relevaient nécessairement de la délinquance, alors que la plupart n'aspiraient qu'à vivre autrement.

Jordy dès lors, comme d'autres, put dire adieu à sa tranquillité. Son amour d'une nature sauvage en fit un voisin détestable qui n'entretenait pas ses haies. Ses papiers d'identité et son permis de conduire égarés, le ravalaient, au mieux au rang d'un chauffard qu'il convenait de punir…

En fait, tout, sauf un individu « normal ». Encore heureux que la couleur de sa peau lui garantisse une invisibilité convenable !

Identifier les « invisibles » ne suffisait pas à changer la vie de ceux qui ne le veulent pas ou qui ne le veulent plus, las d'avoir attendu, déçus d'avoir espéré. Et puis, que faire ? Leur prendre la seule chose qui leur reste ? L'oubli…

Madame Richard relevait de cette engeance de fonctionnaires dotés d'une cervelle bien faite dans laquelle l'intelligence circulait avec aisance.

Elle ne mit pas longtemps à comprendre que la tâche dépassait, non seulement ses prérogatives, mais se heurtait tout bonnement au bon sens.

Les généreuses propositions de Claire Bernot Caboche, impliquant plus la politique que l'action de terrain, relèveraient encore longtemps de l'utopie.

Résignée, elle feuilletait pour une dernière fois les fiches de suivi que les services de Morgan lui avaient communiquées.

Machinalement, l'esprit ailleurs, elle passa chaque feuillet au destructeur de papier, jusqu'à ce que tous redeviennent invisibles.

Enfin pas tous. Jordy Dewell ne le serait plus jamais. Elle était tombée amoureuse. C'était arrivé un vendredi. La semaine de travail achevée, Nelly et Betty buvaient un verre à la terrasse du Sporting. Il faisait froid, mais le ciel clair délivrait un spectaculaire coucher de soleil sur Grace River.

L'astre mourant perforait la ramure hivernale des chênes dénudés, enflammant leur branchage d'une teinte orangée.

Quand un étrange appareillage, tout droit sorti du passé, détourna l'attention des habitués. Les conversations baissèrent d'un ton. Le ronronnement étouffant le silence, accompagnait la lente démarche de Gloria.

— C'est à qui ? demanda Betty au serveur, plus intéressée par le propriétaire que par la voiture.
— Jordy Dewell. Un gars du marais.
— Du marais ? reprit Betty avec une moue déçue.

Les gens du marais avaient mauvaise réputation.

Et puis Jordy apparut. Jason Statham aux dires d'Urla ! La barbe à la sauvette...

— C'est lui ! C'est lui... Dewell, s'exclama Betty, qui venait de faire le rapprochement avec son dossier des « invisibles ».
— Lui qui ? s'échauffa Nelly, sous le charme.
— Dewell, vous savez...un « invisible ».

La rencontre ne fut pas brève. Elle n'eut pas lieu. Jordy fendit la terrasse d'un pas alerte et s'engouffra dans le bar. Il en sortit peu de temps après, une blague à tabac à la main. Sans un regard pour les deux beautés.

— Je crois bien que nous sommes « invisibles », nous aussi, ricana Betty.

Nelly n'était pas d'humeur. Elle se souvenait de la prophétie de sa grand-mère, un soir de vacances :

« Il ne faut pas pleurer ma petite fille. Ce n'était pas le bon. Un jour, tu verras. Il apparaîtra devant toi, comme ça...Il ne te parlera pas. Ta gorge se nouera malgré toi. Et tu ne pourras plus le chasser de tes pensées. Alors, tu sauras que c'est lui ».

Nelly faillit s'étrangler en avalant son soda.

— Ça ne va pas ? s'alarma Betty.
— Si, si, tout va bien.

Elle n'avait vu cet homme que quelques secondes et déjà, elle se sentait malheureuse :

— Il ne m'a même pas remarqué ! pensa-t-elle.

Betty qui n'était pas tombée de la dernière pluie, comprit ce qui se passait dans le cœur de sa jeune amie.

— Je crois que je vais m'occuper de ce dossier. Je trouverai bien un motif de convocation, rassura Betty.

Nelly ne réagit pas. Elle se sentait trop mal. « Il ne m'a pas vu ».

Elle ignorait que Jordy s'était renseigné auprès du barman pour savoir qui était cette charmante libellule qui papillonnait en terrasse.

Depuis ce jour, Jordy cessa de payer son loyer.

•••

Le destructeur de papier continuait de broyer dans le vide. La cheffe de district recouvrit ses esprits.

Betty se tenait devant elle.

— Quelque chose ne va pas ?
— Non, non ! Tout va bien. J'ai détruit le fichier des « invisibles ». Nous n'en reparlerons plus, vous voudrez bien noter.
— Très bien, Madame. Et que faisons-nous pour l'expulsion ?
— On pourrait attendre, ce n'est pas le premier qui ne paie pas son loyer. On ne va tout de même pas le ficher à la rue ! défendit Nelly.
— Il y a tout de même un problème...
— Quoi encore ?
— Eh bien ! J'ai fait ma propre enquête et découvert...
— J'hallucine ! On dispose d'un limier professionnel à notre dévotion et vous diligentez « votre propre enquête ».
— À « votre » dévotion, Madame. C'est bien pour ça que « votre » capitaine n'a jamais fait la moindre recherche. Pour vos beaux yeux..., seulement pour

vos beaux yeux, lâcha Betty diablement contrariée.

Nelly accusa le coup. Elle n'aimait pas ce genre d'altercation mais comme toujours, son intelligence l'emporta.

— Ne vous énervez pas, je vous écoute...
— Monsieur Dewell est propriétaire d'une maison, inoccupée à Crimsonbeck. Et ce n'est pas n'importe laquelle. Ce modeste logis se situe sur Green Island, vous savez, cette île sélect en plein cœur de ville sur Grace River.
— Effectivement, c'est embarrassant, concéda la représentante de l'état, avant de poursuivre.
— Comment on a pu laisser passer ça.
— Vous avez oublié que « Jordy » est invisible, ironisa madame Schilling, la bouille espiègle. Puis se ressaisissant :
— Le bien est possédé par une société. Il eut fallu un général pour s'en apercevoir, pas un capitaine ! jubila la secrétaire vengeresse en jetant négligemment sur le bureau, quelques photos éditées à partir de son ordinateur.

Nelly n'en était plus à une surprise près. Cette fois-ci, elle examina les pièces que lui tendait sa collaboratrice.

Betty souffrait de la situation. Elle devinait les états d'âme et les scrupules qui minaient sa supérieure. Elle rompit le silence.

— Bon, c’est pas un palais ! Mais tout de même, ça va être difficile de faire avaler au proprio et au juge que ce cher Jordy est sans-abri…

Nelly ne pipait mot. Un cliché la chiffonnait particulièrement. Pris d’un balcon en étage, il montrait une vue nocturne du jardinet au bord de Grace River.

La piètre qualité de l’impression interdisait de discerner les éclairages urbains qui sur la berge d’en face s’affadissaient en un néon lumineux indéfinissable. Et pourtant, au pied d’un grand cupressus…

— Regardez Betty. Vous voyez là, ce qui brille. Qu’est-ce que c’est selon vous ?
— Je ne sais pas, le reflet d’un lampadaire sur un fragment de métal …

Cette réponse ne la convainquit pas, car l’objet aux contours flous dégageait plus une couleur dorée qu’un halo de lumière blême, et divulguait une forme régulière bien qu’imprécise, qui ne correspondait pas à un vulgaire morceau de ferraille.

Nelly était malheureuse. Elle en resta là.

— C’est bon, vous aurez ma réponse lundi pour

l’expulsion. Vous pouvez rentrer chez vous, conclut-elle en congédiant Betty.

Après avoir fait une dernière inspection, éteint les lampes oubliées par des employés je-m’en-foutistes, elle quitta les bureaux.

Au moment de monter dans sa voiture, elle aperçut Gloria, qui somnolait seule, attendant Jordy. Elle ne put réprimer un accès de colère.

Elle composa sur son cellulaire le numéro du poste de police.

— Bonsoir. Passez-moi Morgan !
— On ne peut pas le déranger comme ça. Qui êtes-vous pour parler de la sorte ?
— La cheffe de district, répliqua Nelly sèchement.
— Excusez-moi madame la ... je vérifie s’il est encore présent, balbutia le factionnaire, après un court silence confus.
— Je suis désolé, il est déjà parti. Je vous passe le brigadier Collins.
— Bonsoir Madame la cheffe de district, s’aplatit vilement le brigadier, anxieux d’un appel si tardif.
— Bonsoir Collins. Je vous appelle au sujet de l’incident de cet après-midi intervenu au pied du cube. J’aurais apprécié être officiellement informée. Qui est l’individu interpellé ?
— Je regrette, je pensais que le capitaine s’en était soucié. Personne n’a été arrêté, on vous aura mal

renseignée…

Elle ne voulait pas avouer qu'elle avait vu Jordy se faire embarquer. Collins lui empêcha de s'embourber :

— Ah ! Je vois, … cet homme, celui qui a secouru le chien.

Elle ne comprenait rien à cette histoire de chien. Une seule chose importait : Jordy n'avait rien fait. Pendant ce temps, Collins bavard :

— Il a été très courageux et efficace. C'est lui qui nous a accompagnés pour déposer l'animal à la fourrière. Sans cela, il aurait été abattu.

Collins n'avait toujours pas compris comment fonctionnait un fusil hypodermique…

— Comment se nomme ce héros et où est-il à présent ? appuya Nelly, ne pouvant révéler que son véhicule était là, devant elle.
— Je ne sais pas. Il n'a pas laissé son identité. Tiens, c'est un peu bizarre, maintenant que vous me le demandez. Il est reparti à pied. Il n'a pas voulu qu'on le raccompagne.
La conversation prit fin et Nelly poussa un ouf de soulagement. Son cœur sautillait comme un moineau assoiffé et ses tempes brûlaient d'une reconnaissance infinie.

— Merci Collins, gringotta-t-elle à plusieurs reprises.

Jordy marchait sans précipitation dans Kingstreet. Il s'était éloigné de Grace River en piquant vers le centre. Ce parcours le rallongeait, mais permettait d'éviter Clifton Square. Il ne songeait qu'à retrouver Gloria, soulagé d'avoir pu échapper à la ténacité de Morgan.

Elle savait qu'il viendrait bientôt. Mais elle n'attendit pas. Trop d'émotion pour ce vendredi. Nelly craignait une ultime déception.

Il était vingt-deux heures quand Gloria aperçut Crossing Road. Elle ralentit car Hillside n'était plus très loin. Cette échappée en ville fut l'une des plus belles de sa vie.

CHAPITRE 3

LA TRAQUE

Comme chaque matin, il inspectait les cellules. C'était en avril, à l'approche de Pâques. L'orient égrenait les saveurs timides d'un soleil printanier dont l'avarice peinait à déglacer le cœur des prisonniers.

Les regards embrumés trahissaient des inquiétudes coriaces. Des voix rauques émergeaient douloureusement des ténèbres, puis, s'enhardissaient.

Le gardien souffrait de l'enfermement de ses congénères et s'attardait volontiers pour réconforter les plus fragiles, étonnés de vivre pour la première fois l'expérience de ces geôles pascales.

Il excusait leurs proches qui finiraient par revenir les chercher. Rien à voir avec le sort misérable des locataires du quartier des condamnés.

Bien qu'elle fût heureusement déserte la plupart du temps, il ne manquait pas d'effectuer sa ronde jusqu'à cette taule. Il avait trop souvent partagé les pleurs de ces âmes ignorantes de ce qui les guettait.

Un souffle fort, entrecoupé de gémissements moelleux le stoppèrent net. Il s’en voulait. Plus jeune, le moindre chuchotis, la plus légère agitation l’auraient tiré de son sommeil. Cette nuit-là, il n’avait rien entendu.

Bien que les captures nocturnes soient rares, elles s’accompagnent généralement d’un boucan et d’une tension agacée.

Le téléphone qui sonne, les portes qui cognent, les voix mécontentes de leur somme interrompu, la camionnette qui s’emballe, les aboiements… Rien de tout cela ne l’avait alerté.

Elle était là, tremblante de froid et geignant de peur, recroquevillée dans un racoin du cachot. Il ne vit que ses deux immenses amandes châtaines qui l’imploraient. Ce qu’il ne croyait plus possible se produisit. Son cœur chavira pour cette jolie bergère.

Une énorme colère durcit ses muscles. Comment pouvait-on abandonner ainsi une si jolie princesse ? Il avait honte. Tommy Dewell regrettait cet aspect du chenil qui le rendait complice de la barbarie humaine.

Elle lui conta son histoire, si tristement banale. Un matin, la maisonnée s’éveilla plus tôt que d’habitude, dans un branle-bas général. Les enfants, habillés à la va-vite trépignaient d'impatience.

C'étaient les vacances. Toute la famille partait à la mer dans le sud de la France, une véritable expédition pour cette tribu anglaise. Tweenie faisait partie du clan.

Après la traversée de Peterborough, Margie, qui, faute d'études, avait multiplié les stages pratiques de mère au foyer, fit remarquer, pleine de bon sens :

— Mon cher ! Les documents de vaccination de Tweenie sont à jour, n'est-ce pas ?

Il ne répondit pas. Margie insista avec autant d'ironie que de courroux.

— Ne me dis pas que tu les as oubliés ?

Avec une mauvaise foi, toute masculine, il consentit :

— les vaccins sont toujours valides...
— Ouais, mais t'as pas les papiers. Glapit-elle, passablement dépitée.

La suite se révéla moins drôle. Ils se défirent de Tweenie sur une aire d'autoroute, sans méchanceté. La bêtise étant contagieuse, ils séchèrent les larmes de leurs marmots crédules en les persuadant qu’un animal se débrouillait très bien seul.

Désormais, chaque jour comptait. Le chenil de Greenwood n’accueille, à l’accoutumée que des pensionnaires de courte durée, casés là temporairement, quand ils deviennent encombrants pour leurs maîtres.

Tommy Dewell ignorait les cachotteries du calendrier, mais il maîtrisait les mystères du temps. Quand la lune serait ronde, pleine, comme l’affirment faussement les civilisés, il perdrait Tweenie qu’on enverrait à la fourrière de Crimsonbeck.

•••

Le portable frissonna et ripa sur le plan de travail de la cuisine. Nelly se précipita.

— Allo ! Bonjour...
— Je vous téléphone pour l’annonce. C’est bien vous qui...

Elle ne laissa pas le loisir de poursuivre et coupa la parole de son correspondant, tant l’impatience primait sur les convenances.

— Une petite chienne magnifique, au poitrail

immaculé, à la mantelure bleu merle…

La frimousse enjouée de Nelly se rembrunit.

— Désolée, notre sheltie n'est pas à vendre. Conclut-elle sèchement.

Le prix ! Combien ça coûte ? Voilà ce qui importe… Ce nouvel échec l'attrista. Elle désirait épargner à Jordy la douleur de conduire Tweenie à l'abattoir .

À chaque fois que cela se produit, il souffre. Il lui est pénible de résister à la tentation d'accueillir un nouvel animal. Elle ne s'opposerait pas.

Nelly a changé depuis qu'elle partage la vie de Jordy. Elle n'a pas seulement épousé un homme. Elle a découvert un mode de vie simple en harmonie avec la nature auprès d'un compagnon tourmenté, d'aucuns diront « frappé », mais tellement attentionné et chargé d'un humour contenu.

Ainsi, pour leur fiançailles, Jordy lui offrit le bestseller de Betty Mac Donald, « l'œuf et moi », un roman écrit dans l'immédiate après-guerre qui narre les mésaventures d'une jeune mariée des années 20, cloîtrée au plus profond d'une cambrousse yankee du lointain état de Washington.

Ses amies s'insurgèrent, dénonçant dans ce cadeau le présage d'une vision soumise et surannée de la femme, clouant sans procès, le pauvre Jordy à leur pilori de bécasses ignorantes.

Nelly qui savoura sans réserve le sel et la modernité du bouquin comprit le message.

L'héroïne de « l'œuf et moi » incarnait pour Jordy, non pas l'esclave ménagère qu'une lecture contemporaine peut suggérer, mais bel et bien la démonstration de l'engagement amoureux total que seules les femmes sont capables d'oser.

Forte de ce sentiment partagé, elle sut résister à la pression de son entourage affolé par son choix de vie, en rupture avec sa vie antérieure.

— On ne quitte pas l'administration pour aller gérer une auberge canine ! aboya méchamment sa sœur cadette.
— Quand on a la chance d'avoir une planque comme ça, on fout sa libido au rencart..., en plus, il est moche ! s'apitoya Mathilde en bonne copine vacharde.

Nelly s'en fichait, elle ne leur en voulait pas.

Seulement, elle ne tolérait pas qu'on s'attaque à « son » Jordy et ne manquait pas l'occasion de les sécher.

— T'as raison Mathilde ! Les femmes attachent peu

d'importance au physique des hommes. Elles préfèrent soigner le leur pour mieux parader. Tu devrais te méfier et choisir un jules bien tarte, si tu ne veux pas passer inaperçue…

Nelly, désabusée, n'espérait plus de solution et sortit sur la terrasse pour compléter le niveau des oyas[2] . La journée s'annonçait particulièrement torride en ces prémices de printemps. Cette année, la sécheresse semblait s'annoncer plus tôt encore.

Ce nouvel échec lui triturait les méninges quand un crissement de pneus sur le gravier la soulagea, avant qu'elle ne réalise.

— Ah non ! pas lui ! lâcha-t-elle.

Puis, intriguée tout de même par ce visiteur inattendu, elle songea avec un brin d'inquiétude :

— Que vient-il faire là ?

Elle se souvenait des visites fréquentes de ce séducteur empoté quand elle travaillait encore au « cube », mais c'était il y a longtemps. Ses ardeurs devaient être désormais refroidies.

— S'il apporte un sachet de friandises, c'est qu'il en pince encore, paria-t-elle.

---

[2] *Pots d'argile légèrement perméables qu'on enterre dans le sol du potager pour un arrosage plus écologique.*

L'homme penché sur la banquette arrière de sa voiture cherchait quelque chose.

— Des chocolats ! bingo ! plaisanta-t-elle pour la dernière fois.

Quand elle visa, dans ses mains, le paquet sanglé, jauni par l'oubli, le visage de Nelly s'assombrit. L'allure de celui qui marchait d'un pas assuré vers le perron, n'augurait pas une causette romanesque.

Derrière le soupirant pataud, empêtré de politesse courtoise, se cachait toujours le serviteur appliqué et scrupuleux dont les gènes militaires n'excluaient pas une dangereuse vanité.

Elle tenta de se rassurer en décelant dans ses traits les stigmates qui marquent le passage de l'âge mûr aux portes de la vieillesse, laquelle offre parfois à certains hommes le début de la sagesse.

— Bonjour, madame la … Avant qu'il ne s'enferre, elle l'arrêta :
— Madame Dewell, capitaine !
— Commandant ! J'ai pris du galon, corrigea Morgan d'un ton gaillard qui détendit l'atmosphère.
— Après tout ce temps, c'est une surprise. Que nous vaut l'honneur ?
— J'ai souvent pensé à vous…, mais je destine habituellement mes déplacements aux impératifs

de mon office, répondit-il maladroitement.

Quand il vit Nelly fixer le dossier qu'il tenait sous le bras, il comprit sa bévue.

Elle s'était repliée mentalement. Son esprit s'échauffait aussi vite que son intelligence. La méfiance, pour ne pas dire l'aversion de Morgan envers Jordy renaissait devant elle.

Sans un mot, elle lui fit signe d'entrer et tous deux se dirigèrent au salon. Tandis qu'il la suivait, le commandant, gêné de s'être ainsi livré bêtement, admirait les formes de la jeune femme moulées dans son jean étriqué.

Elle se retourna, trop rapidement à son point de vue, car elle surprit le regard impudique de Morgan. En d'autres temps, elle l'eut vertement recadré.

Mais, aujourd'hui, craintive, il ne lui déplaisait qu'il lui matât le popotin. Peut-être saurait-elle tirer avantage de cette infirmité congénitale de mec.

— Si je vous ai bien compris, votre visite n'a rien de cordiale, commandant ? Ce dossier...

Morgan l'interrompit avec détermination, ce qui ne manqua pas de l'étonner lui-même.

— Allons bon ! Qu'allez-vous penser ? C'est ça qui vous effraie ? dit-il en désignant le dossier.

— Sachez que j'ai coutume de ne jamais rien laisser d'important dans ma voiture. Cette chemise ne vous concerne pas...
— Elle concerne Jordy n'est-ce pas ?

Après un bref silence, il poursuivit.

— Non plus ! Elle sentait qu'il mentait. Son cœur se serra.

Son instinct de femelle blessée aggravait sa pugnacité.

— Alors, quel autre « mandrin » peut bien vous attirer dans une contrée si déserte ? décocha-t-elle, d'un langage mal maîtrisé.

Le commandant se tortillait sur son siège, trahissant son embarras. Bien sûr qu'il était venu pour Jordy ou plus exactement pour mettre en garde Nelly. Mais, écartelé entre son devoir et ses sentiments, sans qu'il ne puisse vraiment se l'expliquer, il venait de céder à ces derniers.

En réalité, en militaire expérimenté, et contrairement à ce qu'on pourrait penser, son capital intellectuel regorgeait de fines tranches de psychologie. S'il dénonçait Jordy, il savait qu'elle ne lui pardonnerait pas. Les femmes sont plus courageuses que les hommes et sous le joug de l'amour, elles ne craignent pas le sacrifice.

Morgan ne raisonnait pas ainsi. Il choisit de préserver la chance chimérique de séduire Nelly, au risque de l'exposer au danger, s'accommodant ainsi de sa propre lâcheté.

Aussi reprit-il :

— « mandrin », vous y allez fort ! souligna-t-il, avec pertinence, l'emploi de ce sabir inapproprié trahissant l'agitation de la jeune femme.

De fait, il pouvait lire sur son visage décomposé toute l'inquiétude que sa présence imprévue engendrait. Ses paupières mauves brandillaient mécaniquement tels des essuie-glaces affolés, tandis que ses lèvres pincées frémissaient d'un subtil vibrement. Tout son être se révoltait et sa beauté se fanait d'une indicible tristesse qui n'échappa pas au commandant.

Au lieu de feindre d'ignorer cette faiblesse passagère et la rassurer en inventant une raison plausible à son déplacement, il s'obstina lourdement.

— Vous vous sentez mal ? J'espère que ce n'est pas ma présence qui vous trouble, insista-t-il sournoisement, parfaitement conscient de l'ambiguïté de ses propos.

Nelly reçut ses mots équivoques en plein cœur. Comment ce soudard pouvait-il s'imaginer la troubler par sa présence ?

Bien plus rapide à réagir que ce lourdaud, elle regimba sèchement.

— Pardon ? Je n'ai pas bien compris, je songeais à autre chose..., des soucis.

Morgan, otage de son absence de vivacité d'esprit, redevint ce goéland gauche que Nelly appréciait car il ne manquait pas de cette sincère générosité que cache l'orgueil des hommes.

— Ah bon ! excusez-moi, rien de grave j'espère ?

Contre toute attente, elle accepta de se livrer. Elle avait besoin de partager sa peine et Morgan n'en restait pas moins pour elle une vieille connaissance qu'elle savait toujours fidèle, même si ses visées amoureuses travestissaient pour elle cette amitié.

— Il y a plusieurs nuits, nous avons recueilli une chienne perdue. Ses idiots de maîtres lui avaient bien mis une plaque avec son nom, mais pas l'adresse... Une merveilleuse sheltie. Dans quelques jours, si personne ne la réclame ou ne l'adopte, nous la conduirons à la fourrière où elle sera piquée.

En disant cela, elle ne put retenir une larme.

Morgan vit un anneau d'argent souligner le cerne de ses yeux.

— Vous ne pouvez pas la garder ? enchérit-il.
— Nous y avons pensé bien sûr, mais ce n'est pas bon de détenir des animaux en cage alors que d'autres gambadent en liberté au même endroit.

Il y a déjà Tommy Dewell. Vous savez ? Tommy Dewell ...

— Comment pourrais-je oublier ! s'exclama-t-il avec une pointe d'amertume.

Ce jour, glorieux pour Jordy, lui habituellement si perspicace, n'avait pas été capable d'identifier un suspect qu'il traquait depuis vingt ans.

Pire, lorsqu'il fut question de construire le chenil du district, son rapport favorable fut habilement exploité par Nelly pour convaincre le conseil de lui en octroyer la gérance.

Ce n'est que plus tard qu'il se souvint de la nuit où il vint frapper à la porte des Dewell à Green Island. Il revit ce visage et reconnut le dompteur de chiens. Aujourd'hui, les images de cette soirée se cristallisent à nouveau :

À environ un mile de l'endroit où vivaient les Dewell, ce soir-là, à la tombée de la nuit, un cycliste qui s'entraînait le long de la rive de Grace River remarqua un esquif échoué dans une posture inhabituelle, tous feux de navigation allumés. Persuadé d'un naufrage, il s'empressa d'aviser les autorités qui dépêchèrent Morgan sur les lieux.

Il constata que l'embarcation était vide. Il s'agissait d'un canot à moteur de huit mètres cinquante de long propulsé par un moteur hors-bord. La clef du démarreur se trouvait en position « on » et le voyant d'allumage clignotait toujours en vert. Il en déduisit que l'échouage n'avait pas été volontaire et que le moteur s'était bloqué quand l'hélice avait raclé le lit de la rivière. La coque, sans être déchirée, portait des traces vives de pierre calcaire et une entaille profonde sur le flanc bâbord, légèrement au-dessus de la ligne de flottaison. À l'intérieur de la cabine, il découvrit un sac en papier alimentaire imprimé à l'adresse d'un boulanger, contenant une facturette datée du jour, pour un achat de deux baguettes de pain. Un sac à main en cuir bleu ciel reposait entr'ouvert sur la banquette du carré... Il en sortit un portefeuille dont il retira la pièce d'identité d'une certaine Clarisse Dewell, demeurant au 6, Rochehall way sur Green Island. Éclairant les passavants, il lui sembla déceler des traces sombres, comme du sang.

Quelques instants plus tard, il se présenta au domicile de la disparue et s'étonna qu'on ne lui ouvrît pas plus vite...

Quand enfin l'homme apparut, les vêtements mouillés, le visage défait, le regard absent, immédiatement il sut. Sans se poser de question, sûr de son jugement, fort de son inexpérience, il questionna :

— Vous êtes monsieur Dewell ?
— Oui. Répondit Jordy la mine résignée.
— Nous sommes le 10 septembre 2001, il est 20 h 57, vous êtes placé en garde à vue pour le meurtre de Clarisse Dewell.

Il n'avait pas hésité.

Le lendemain, 11 septembre, à des milliers de kilomètres de Green Island, la folie terroriste s'abattait sur New York.

L'affaire Dewell, à compter de ce jour, allait prendre une tout autre tournure.

— Vous semblez songeur… rompit Nelly, qui avait surpris cet instant de flottement.

Morgan cultivait la maladresse.

— Figurez-vous que je réfléchissais à mon affaire…En disant cela, il ne mentait pas.

Nelly se rembrunit car, non seulement il se désintéressait de sa chienne, mais il laissait planer le doute sur l'origine de sa visite.

— C'est pour ça qu'il me faut prendre congé. J'ai encore un brin de chemin à faire, conclut-il avec un sourire indéchiffrable.
— Par conséquent, je ne vous retiens pas… commandant, approuva Nelly, les nerfs en boule, bouleversée par ses agissements.

Elle suivit les cahotements du véhicule qui tantôt disparaissait derrière les feuillages des grands aulnes qui jalonnent l'allée de Greenwood, jusqu'à ce qu'il marque le stop à l'intersection de la route de Crimsonbeck.

Elle guettait avec anxiété la direction qu'il allait emprunter. À droite, c'était Crimsonbeck. Cela signifiait qu'il retournait au commissariat, et que Greenwood, donc Jordy avait été son unique objectif.

Elle tressaillit à cette idée quand elle vit que Morgan tournait à gauche vers Gladrot Valley, une contrée résidentielle plutôt huppée où pourrait bien loger un escroc ou un voyou en col blanc.

Soulagée, elle se lova dans le fauteuil club en cuir fauve qu'elle détestait. Le cuir était râpé, déchiré par endroit, mais Jordy y tenait beaucoup.

Machinalement, elle alluma la lampe du salon, une

« pipistrello », joyau de modernité signé Gae Aulenti qu’elle avait sauvé de sa période célibataire. Elle éclata de rire et murmura :
— On n’a vraiment rien en commun !

Puis elle ajouta pour elle-même, apaisée par une savoureuse sensation de volupté :

— C’est merveilleux…

Elle regrettait d’avoir perdu son sang-froid et affiché son affolement. Morgan est un brave type. Elle en est persuadée.

Elle ignorait, qu’à peine sorti de Greenwood, il s’était garé sur le bas-côté de la route pour téléphoner. La conversation dura assez longtemps et au bout, pianotant posément sur le fameux dossier, il parut enjoué :

— Bon ! Maintenant Phill, à nous deux, pensa à haute voix Morgan.

L’ivresse amoureuse dissipée, Nelly recouvrit ses esprits. Une question l’obsédait : quel mal avait fait Jordy ? Une certitude accablante dont elle avait honte s’insinuait sournoisement : si Morgan possédait des éléments, ce devait être du sérieux.

•••

CHAPITRE 4

AU MALHEUR DES DAMES

Le marais ne dort pas, il écoute. Jordy aime venir s'épancher auprès de cet étrange complice. Tôt ce matin, avant le lever du jour, il a quitté Greenwood pour accompagner Tommy Dewell et Tweenie à Hillside.

Il a roulé lentement pour mieux défier les fantômes des bois qui infestent les abords de Greenwood, guettant le moment où le paysage se dénude et se liquéfie en l'immensité herbeuse qui flirte avec Grace River.

À l'arrière, Tweenie s'étire avec mollesse tandis que Tommy Dewell se tient déjà droit sur ses pattes. Il vient lécher la main de son compère qui, abaissant le hayon, les encourage d'une tape amicale :

— Allez, ouste ! Je ne veux plus vous voir.

Les chiens s'éloignent pour une dernière virée.

Il est prématuré de réveiller la maisonnée. Il s'assied au fond du potager sur le rebord de l'ancien lavoir. Les bruits familiers du marécage le gorgent de mille bouffées de vies foisonnantes. Il isole là, d'une famille de colverts, le cancan sévère d'une mère couvrant les nasillements frivoles de ses canetons.

Au bord de l'eau, les hautes herbes bruissent, froissées par le passage d'un ragondin qui regagne agilement le rivage. Il s'émerveillerait des heures durant, si de l'orient ne montaient les flammèches rougeoyantes du soleil naissant.

— La journée sera belle ! s'exclame Jordy à pleine voix.

Les ombres se colorent, les squelettes des arbres prennent vie et s'animent sous les chatteries du vent marin.

Il distingue désormais nettement la longère et ses mûrs crevassés d'où se désagrègent des miettes de crépis fatigués. Hillside a pâti de son départ depuis qu'il réside à Greenwood avec Nelly.
Qu'importe ! Ce lieu lui a sauvé la vie au retour de son exil. Il n'y renoncera jamais, même si Nelly n'aime pas l'endroit. Un bourdonnement insolite en provenance du chemin déloge un grand-duc qui se disperse d'un vol lourd.

Les oiseaux piaillent dans les futaies tandis que d'un léger frisson d'ailes, Urla vient se réfugier sur l'épaule de Jordy. Ses hochements de tête l'interrogent, mais il ne lui répond pas, emmuré dans ses propres errances.

— Qui peut bien venir ici à pareille heure ?

Le véhicule se rapproche. Le moteur chuchote un ronronnement harmonieux.

— Une voiture récente, en déduit Jordy qui se hausse pour ne rien manquer du dernier virage, quand la machine, surgissant de la voûte végétale formée par les grands saules, s'offrira à son regard.

À ce moment, le ciel s'obscurcit. Une immense mantille noire déploie de gigantesques plis, tapissant l'horizon d'une nuit éphémère. Subitement, d'un mouvement brutal le voile se déchire et se disloque en lambeaux. Urla apeurée décampe et d'un froissement d'aile, se tapit sur son châtaigner.

— Pas bon signe, grommelle Jordy scrutant le vol d'étourneaux qui s'éloigne et traverse bientôt Grace River en direction du sud.

Il les accompagne du regard jusqu'à ce qu'ils se fondent dans la forêt de ventilateurs pétrifiés, plantée là par le district qui rêve de transformer Warstreet en « capitale du vent ».

Le 4X4 s'est immobilisé en bordure de la propriété, la calandre aveuglant sous les rayons du soleil matinal. Jordy distingue une silhouette progressant vers lui d'un pas balancé, comme animée d'un souvenir martial.

Urla, instruite d'un instinct féminin, a catalogué l'individu. Elle s'affole et se précipite au-devant de l'intrus en poussant des cris :

— Kiak ! Kiak !

Lui aussi vient de comprendre. Des images douloureuses et des regrets remontent. Il se pose des questions sur la venue de ce visiteur indésirable.

Aucune réponse ne le satisfait. Quand enfin, il croit déceler chez ce gêneur une tournure affligée, il se précipite, bouleversé, vers le général.

— Hélèna !

•••

Tweenie et Tommy Dewell se sont élancés sur ces chemins glaiseux qui narguent l'indifférence tranquille du royaume fangeux. Ils courent, ils vivent. Ils ne songent pas à fuir. Ils ont confiance.

La brume lentement s'épuise, trainant de jolis effilochements qui ouatent leurs ébats d'un litham pudique. La nature ne s'alarme point de leur batifolage. Les jappements et halètements du ménage se mêlent naturellement aux humeurs érotiques du marigot.

Après plusieurs heures de course, une frontière arborée se dresse. Ils ont atteint la limite du marais. Tommy Dewell à cet instant ressent dans ses membres comme un tremblement que signe d'inquiétude un monde inconnu : la falaise.

Souvent, accompagnant Nelly et Jordy, il a foulé cette lisière, sans toutefois jamais pouvoir gravir le chemin pentu qui serpente au milieu des mélèzes. Les humains ne disposent ni de la célérité ni de l'endurance de Tommy Dewell.

Cette ligne marquait le signal du retour, que justifiait immanquablement un interdit protecteur :

— Viens mon chien ! Faut pas …

Son instinct pourtant ne le trompait pas. Il savait que ces deux-là aimaient fréquenter le lieu en son absence. Leurs rires étouffés, leurs mimiques intimes, bien qu'insondables pour Tommy Dewell fleurissaient leurs souvenirs quand ils évoquaient ensemble leurs escapades sur la rive nord de Grace River.

Tweenie n'a pas hésité. Parvenue au sommet, elle

sonde les eaux blondes qui coulent quatre-vingts pieds plus bas et se joue d'une nuée de papillons espiègles qui tresse autour d'elle une couronne de pétales multicolore.

Bientôt, Tommy Dewell la rejoint. Leur marche s'est ralentie, leurs cœurs aussi. Ils sont sauvés du marais et de ses attaches poisseuses. Ils se surprennent épris de liberté sur ce sentier céleste dont ils ignorent la magie.

Grace River se vautre désormais sans pudeur sur les flancs de la plaine côtière dont les contours s'estompent jusqu'à l'évanouissement.

L'attrait du fleuve est féérique et pervers. Les eaux boueuses qui souillent la pureté océane invitent à la luxure et les tirent hors du chemin.

Chaque fois qu'un raidillon en marge du parcours pique vers l'estuaire, Nelly lâche la main de Jordy et dévale insouciante la pente caillouteuse, gourmande de promesses voluptueuses. Il proteste puis, protecteur, lui emboîte le pas, à l'affût de la moindre glissade. Tous deux savent ce qui se trouve au bout du sentier.

Jordy déteste l'eau. Elle attire, elle rassure, elle purifie et enfin vous file entre les doigts. On ne peut pas compter sur elle. À la moindre faiblesse, elle vous engloutit et vous étouffe.

Chaque fois que Nelly se précipite au-devant d'un grand échassier, il revit la nuit du 10 septembre et il tremblote. Elle se moque de cette étrange réaction qu'elle ne comprend pas.

Malgré les roches qui roulent sous ses pas, malgré l'argile qui rend son avancée glissante, elle ne cesse de se retourner vers cet homme au buste massif, aux gestes mesurés qui la tranquillise. Au moindre faux-pas, elle sait que d'un geste prompt, il l'emportera loin et la serra fort dans ses bras. Rien ne peut lui arriver.

Elle vole, légère, la demoiselle et lui, veille, protège cet insecte fragile, dont la robe se soulève au gré d'aimables déhanchements. Il lui semble que c'est tout ce corps, tout cet être qui tourbillonne et flotte, lascif parmi les genêts.

Cette fois, il est là, le grand échassier. Il surplombe fièrement la colonie rustique de joncs qui stabilise l'accotement de la rivière. Il se dresse immobile, les pattes engluées dans la vase, attendant patiemment que la marée monte et lui livre sa manne poissonneuse.

Le moment est propice. Tant que l'eau, retirée, tolère la paresse de la bourbe, Nelly sait qu'il n'y a pas de danger. Nul ne viendra troubler leur intimité. Elle sourit et se retourne vers Jordy.

— On a trois heure devant nous !

Il acquiesce d'un clignement d'œil coquin.

La pêcherie leur appartient. Ils enjambent la chaîne qui verrouille l'accès à la passerelle puis se dirigent vers le cabanon. Le carrelet se dandine sournoisement, impatient de piéger les malheureux qui s'aventureront, plus tard au montant, dans ses eaux. Les planches craquent sous leurs pieds, délogeant un héron cendré qui les salue d'un envol majestueux. Les roseaux retiennent leur souffle. Ils sont seuls au monde.

L'océan, ce grand loup gris rappliquant du Nord pénètre alors sans retenue les eaux douces de Grace River qui résistent, bouillonnent, gribouillent en leurs entrailles une marmite géante puis dans un gémissement d'écume blanchâtre s'unissent au jaillissement pimenté de la semence marine.

Tweenie ne quitte plus Tommy Dewell. La falaise attire le monde, les touristes en vadrouille dédaignant pour un après-midi, les plages venteuses de Heelshore, la station balnéaire voisine.

Ces envahisseurs d'un jour ne sont pas méchants, mais, il convient de rester sur ses gardes. Les animaux domestiques ne jouissent que de la liberté qu'on leur accorde. Pour être libres, il faudrait qu'ils deviennent sauvages. Ceci est réservé aux humains.

Quand, Tommy Dewell dévale le talus pour se cacher du chemin des douaniers, car il flaire une embûche, elle se colle à lui. La journée s'écoule ainsi, s'enlisant dans la monotonie, tant les pêcheries sont nombreuses et de plus en plus proches les unes des autres, au voisinage de la mer.

Tommy Dewell, d'un naturel peu audacieux, flaire les anciennes traces de Jordy. Il ne comprend pas ce qui a bien pu attirer Nelly et Jordy dans tous ces endroits et ce qu'ils y traficotaient.

Le soir tombe. Le phare de Sheepskin qui avertit de l'entrée de l'estuaire donne bientôt le signal de la nuit. Son faisceau blanchâtre argente par saccades les eaux musclées de Grace River. Il est temps de songer au retour.

À la brune, la moelle de la falaise se dérobe. Le peuple des sages prend possession des lieux. Les enfants dorment. Les jeunes s'en sont allés s'asphyxier dans l'agitation des bars de Heelshore. Les promeneurs nostalgiques goûtent avec indolence les ultimes tiédeurs de la journée. Les conversations se font plus sourdes, les souvenirs et les regrets se chuchotent. Les corps s'excusent et deviennent silhouettes.

Une rivière de diamants scintille sur la rive sud : la

discrète localité de Virgmilk vient d’éclairer ses quais. Les feux de hune des voiliers qui se pressent dans son bassin s’agitent dans le ciel comme autant de lucioles affolées.

La route du marais est encore loin. Les tourtereaux folâtrent au milieu des passants qui refluent lentement vers Heelshore et croisent en retour le ballet des cabanes de pêche qui s’animent d’une vie nocturne nouvelle. Des rires et plus rarement des cris, de joie ou de déception ont remplacé les roucoulades amoureuses. De temps en temps, la lumière d’une lampe torche transperce la nuit pour éclairer le filet.

— Toujours rien ! se lamente un pêcheur en laissant dégringoler le carrelet qui se noie dans les profondeurs de Grace River.

Les essences de résine et de pétrichor annoncent la moiteur de la nuit et réveillent en eux des désirs charnels. Le frôlement des chairs vivantes attise leurs sens tandis que l’obscurité les protège de toute pudeur. Un couple d’écureuils roux voltige de caillou en caillou et escalade lestement le tronc raviné d’un vénérable genévrier dont les branches ballantes s’étagent en nuages successifs formant à son pied une voûte protectrice.

Ils embrassent cette tanière providentielle où une couche moite coiffée de mousse les exhorte à un alanguissement libertin. La falaise continue de vivre, grouillante de fantasmes inavoués. Les silhouettes sont devenues des ombres que seule l'empreinte de la lune permet de maintenir en vie.

Tout près, ils entendent causer des gens. Ils ne comprennent plus les paroles, étouffées par leur propre respiration qui s'accélère. Le cri prolongé d'une chouette hulotte ne chagrine pas leurs cœurs qui déjà, à force de cogner, ont quitté leurs cages pour ne jouer qu'une seule ritournelle.

Leurs corps se tordent, suintent d'imperceptibles gouttelettes dont le parfum se mêle au sang de Dieu[3]. Alors, elle se fait couleuvre, entortillant son amant d'insaisissables caresses, le baisant de douloureux plaisirs. Alors seulement, il se fait panda, mignotant sa chérie d'une pelure veloutée, l'étreignant de délices répétés.

Un violon pleure. Son archet s'agite, s'enfuit puis revient, vibrant sous des doigts virtuoses. Ses plaintes trahissent leurs amours invisibles. Les locataires du lieu ont compris. Qu'ils s'offusquent ou non, ils repartent sereins, le cœur léger.

•••

La nuit a été longue. Jordy n'a pas su trouver le

---

[3] *Étymologie de « pétrichor »*

sommeil. Ils ne sont pas encore rentrés.

Il n'avait pas dormi à Hillside depuis longtemps. Il s'est éveillé dans une chambre inconnue. Sa jambe, dans un réflexe inconscient a cherché un chemin familier et rencontré le mur.

Les gonds de la porte d'entrée grincent. Elle s'ouvre.

Le ciel est dégagé. Dès l'aurore, le vent d'est a pris ses quartiers. Il souffle déjà fort et pousse un cortège de nimbus qui, dans quelques heures, apporteront la pluie.

Devant la grange, il s'arrête, mal à l'aise. Il scrute la cavée qui s'enfonce dans la prairie avant de rejoindre le marais : toujours rien.

— Ils ne vont pas revenir.

Gloria dort, la calandre terne, sous une épaisse pellicule de poussière. Jordy la caresse affectueusement, sans honte ni remord. L'empreinte de ses doigts imprègne la carrosserie.

Urla, debout depuis l'aube, observe. Elle s'est posée sur les mâchoires de l'étau pour éviter de se blesser dans le fatras des outils qui jonchent l'établi.

— Salut toi ! s'exclame Jordy.

Urla ne résiste pas. Elle se précipite sur son épaule et frotte sa petite boule contre la sienne. Elle le fixe puis détourne son regard vers Gloria. Elle répète la scène pour qu'il réalise son piteux état.

— Tu ne vas pas t'y mettre aussi ! J'ai déjà Nelly sur le paletot avec ça. Suffit !

C'étaient les colères qu'elle affectionnait, Urla, quand ces deux-là s'empoignaient, quand la jalousie lui laissait extravaguer l'impossible.

— J'accepte que tu puisses laisser cette vieille bagnole moisir, mais… avançait Nelly avant que Jordy ne l'interrompe.
— Ce n'est pas une vieille bagnole ! Tu sais de qui tu parles ? D'une Triumph cabriolet TR2 de 1955… Une duchesse ! fustigeait Jordy qui en rajoutait avant qu'elle ne puisse rétorquer.
— Elle ne moisit pas, elle attend que je m'occupe d'elle, c'est tout.

Nelly qui ne lâchait rien, prenait un malin plaisir à le charcuter :

— Bon d'accord. Mais dans ce cas, arrête de dire que t'aimes les voitures…

Piqué au vif et dans le fonds impuissant, Jordy s'abritait derrière les réflexes archaïques de mâle dominant.

— Laisse ! De toute façon, tu ne peux pas comprendre…

Nelly, en jeune femme indépendante, bien qu'éloignée du féminisme militant, ne pouvait tolérer le sous-entendu.

— Parce que je suis une femme ? Parce que je suis bête ?

Il ne répondait pas. Son manque d'à-propos le paralysait et le condamnait à un mutisme boudeur. Seul son humour douteux parfois le tirait d'un mauvais pas. Il fut tenté de répondre « les deux », mais il jugea, fort à propos, que c'était malvenu. Il regrettait les mots car il n'avait pas voulu dire ça.

— Non bien sûr… Tu comprends pas, crut-il bon d'ajouter maladroitement, ce qui la fit bondir.
— Et il insiste ! s'esclaffa Nelly attendrie par la gaucherie de son compagnon, souhaitant ainsi, amoureusement mettre un terme à leur querelle.

Mais, l'amour a beau être la chose la plus recherchée, c'est aussi la moins comprise. Vexé, susceptible comme un gorille au dos argenté, il entreprit de se justifier.

Il expliqua combien Gloria lui était précieuse, ainsi

que tous ces objets disséminés dans un désordre apparent à Hillside. Chacun portait en lui un éclat de vie qu'il fallait conserver.

Pendant qu'il parlait, Nelly tentait de percer, dans les yeux de son bien-aimé, le voile de nostalgie sorti du fonds de son âge qui embrumait ce regard vieilli.

Malgré sa jeunesse et sa sensibilité portée vers l'espérance, elle comprenait que la vie est une machine à souvenirs et que la sienne était en marche. Elle capitula, féline, se collant à lui :

— Alors, tu vas toujours me garder auprès de toi !

Leurs chamailleries finissaient toujours de la sorte, au grand dam de Urla qui suivait avec inquiétude les faits et gestes de Jordy.

Il avait sorti l'aspirateur et branché le jet d'eau. Le nettoyage de Gloria se profilait, ce qui n'augurait rien de bon.

La toilette de la dame de fer précédait généralement un déplacement en ville, auquel elle n'était jamais conviée et le plus souvent, assignée à résidence dans sa volière miniature.

En soulevant les coussins de cuir fauve de la banquette arrière, Jordy soudain se mit à rouspéter :

— Urla ! Urla ! Qu’est-ce que c’est ? Viens ici tout de suite !

Prudent, le volatile préféra se tenir à carreau, juché au sommet d’un placard. Le sort qu’allait lui réserver la mise au jour de sa cache le tracassait.

Les objets s’empilent sur le sol : pièces de monnaie, clefs, trombones, stylos, capsules, billes, morceaux de verre, cuillères...Quand d’un mouvement de colère, il se relève.

Brandissant un anneau vermeil, il se précipite menaçant vers Urla, qui dans un papillonnement gracieux, décanille de son abri rudimentaire et s’envole hors de la grange.

— La bague ! C’est la bague de Nelly. Tu le savais, voleuse... Je vais te plumer ! hurle Jordy à sa poursuite.

Urla n’a pas regagné son châtaigner qu’elle juge risqué vue l’humeur ambiante. Elle a trouvé refuge au faîte du grand chêne qui délimite la propriété, à distance respectable du nid de Bruno, le vieux choucas qui règne sur la clairière.

— Eh bien, ma belle ! Qu’est-ce qui t’amènes ? demande Bruno peu surpris de pareille intrusion.

Depuis longtemps, l'oiseau des malheurs écoute et éponge la mouise de ses congénères. Il a dans son existence, commis tant de méfaits, vécu tant d'excès qu'il a acquis les clefs de la sagesse.

— Il est devenu fou ! Il veut me plumer. Tu imagines ?
— À poil ? Ouais... ironise Bruno, avant d'enchaîner.
— Tu crois pas que t'exagères. C'est quoi l'entourloupe ?
— Rien, c'est lui. Il a mis la main sur ma cachette et saisi tous mes cadeaux.
— Tes cadeaux ? Tu charries...plutôt tes rapines...
— Des objets, ce ne sont que des objets. Ils appartiennent à ceux qui les aiment, à ceux qui savent les protéger. Chacun d'eux correspond à un éclat de vie...
— Te fatigue pas ! J'connais la rengaine. Les souvenirs et le tralala... Ce ne sont que des mots, l'important, en ce moment c'est de savoir si oui ou non tu vas te faire défrusquer.

— Arrête ! Ce n'est pas drôle. Que dois-je faire ?

Le doyen de Hillside prit un air grave, secoua son plumage de curé et d'un ton sérieux lui expliqua comment sont, en vérité les humains.

Il égrena leurs qualités : arrogance, colère, égoïsme, jalousie, méchanceté, mensonge, orgueil, vanité.

— Mais ce ne sont pas des qualités, fit observer la pie.

Il poursuivit avec les défauts : passion, intuition, courage, générosité, sincérité, persuasion, responsabilité, créativité.

— Mais ce ne sont pas des défauts.

Ignorant la chansonnette de la piaf, il choisit l'exemple de Jordy amouraché de Nelly. Que vaudrait sa passion pour elle si, constatant le vol du bijou, il n'avait su déclencher une légitime colère ?

Dans ce cas, la passion atteste de sa faiblesse, la colère exprime son honneur.

Avec tout ça, Urla n'était pas apaisée.

— Alors, il va me plumer ?
Bruno tranquillisa la jeune victime.

— T'as pas pigé ! Sa colère t'est pas destinée. Elle retape simplement sa connerie. Il a pas su défendre sa gonzesse. Rideau !
— D'ailleurs, regarde !

Au pied du châtaignier, Jordy est en train de déposer un à un les objets récupérés dans la voiture.

— Tu vois, il est cool ce zigue..., il te kife, philosophe Bruno.
— Il a gardé la bague ! pleurniche Urla.
— Casse-toi ! J'veux plus te voir, s'emporta Bruno, dans une légitime colère.

•••

L'orage est là. La nuit n'est pas encore réveillée tant les nuages épais et noirs se cramponnent à la terre pour maintenir le marais endormi.

Depuis qu'ils ont quitté le sentier de la falaise et rattraper ce monde spectral, illuminé par instants, du pâle reflet des éclairs, Tweenie a pris les devants.

Il lui tarde de retrouver Hillside et le réconfort auprès de Jordy. Elles sont déjà loin les fredaines, refroidies les chaleurs langoureuses de la veille. Elle court sous l'averse, seule.

Tommy Dewell en bave. Chaque illumination lui croque l'inaccessible profil de Tweenie qui s'amenuise au fil des heures. Chaque coup de tonnerre le frappe au cœur et ralentit son avance qui fléchit sous le poids des printemps. Il se traîne, frigorifié sous la saucée, seul.

Jordy patiente. Il a achevé de briquer Gloria qui resplendit comme neuve, dans sa parure métallisée, vierge de toute rayure. Son cœur a eu du mal à s'échauffer. Ses pistons ont chouiné puis tout le moteur s'est mis à vibrer. Les grincements et les douleurs ont alors cédé la place à ce doux ronron qui réchauffe le châssis et berce les passagers dans une clandestine odeur de pétrole. Il est installé à sa place, celle du chauffeur.

Il réfléchit. Ce jour, tant redouté est arrivé. Trouvera-t-il les mots ? Quand il stresse, il peine à traduire ses pensées et à exprimer sa générosité. Il faudra lui expliquer, simplement. Elle comprendra. Il l'aime, elle lui pardonnera, c'est sûr.

L'attente est longue. Jordy somnole, emmitouflé dans un plaid. Il se fait du mouron…

Quand enfin Tommy Dewell débouche dans le pré qui enserre Hillside, sa charpente endolorie se dégourdit, même si les douleurs ne font que débuter.

Gloria est apprêtée, en attente du départ, ce qui intrigue Tommy Dewell. Habituellement, pour aller à la fourrière de Crimsonbeck, on prend le pick-up.

Jordy s'approche et l'enveloppe dans une couverture chaude. Tommy Dewell est tout crotté, barbouillé de taches marron que la boue du chemin a collée sur sa toison. Il ne partira pas sans avoir été lavé, brossé, séché. Jordy s'applique sans se presser, comme il l'a fait quelques heures avant pour Tweenie.

Bien qu'il l'ait immédiatement repérée, avachie sur la banquette arrière, si chic dans sa pèlerine bleutée, Tommy Dewell feint d'ignorer la présence de cette ingrate maîtresse. Il hésite entre plaindre son infortune ou admirer son sang-froid.

Il n'éprouve aucune rancœur contre cette amante au cœur mou, accepte son affront de jeunette et regrette d'avoir connu tant de vies antérieures inutiles.

Jordy l'a installé à l'avant. Tommy Dewell a planté son museau sur le siège, les yeux, tantôt badant sa conquête envolée, tantôt implorant Jordy de renoncer à cette funeste balade. Il ne comprend ni l'une ni l'autre.

Tweenie ne manifeste nulle inquiétude. Elle est sereine, impassible à l'évènement tragique qui se profile, confortée par son intuition féminine qui surpasse toute logique.

Tommy Dewell, désappointé par cette attitude désinvolte en vient à se demander si la fillette ne serait pas un petit peu simplette.

Et que dire de Jordy, si souvent enclin à la tristesse en de pareilles occasions, qui ne témoigne d'aucune angoisse et caresse délicatement sa croupe le gratifiant de mots rassurants.

Pendant ce temps, Gloria a triomphé des cahotements du sentier pierreux qui mène à la nationale. Sans surprise, elle oblique vers la droite. Le panneau de signalisation indique Crimsonbeck. Tommy Dewell n'a aucun doute. On va à la fourrière. Il s'engaillardit et pousse un aboiement plaintif qui alerte Jordy. Celui-ci prend sa tête et la pose sur ses genoux en susurrant :

— Tout doux, tout doux. Puis, au fond de lui-même, pour maîtriser son trac, il se répète :
— Elle comprendra ! Elle comprendra !

Tandis que Gloria digère le bitume, et que pointent au loin les premières demeures de Warstreet, il ressasse l'incroyable rencontre de la veille avec le général.

•••

Damian a remarqué l'embarras de Jordy. Il est lui-même gêné et ne peut oublier l'altercation intervenue quelques années auparavant à la « Varenne ». Depuis, leurs enfants avaient fait en sorte qu'ils s'évitent.

Puis, Jordy s'était marié avec Nelly. Il ne fut plus le

bienvenu. Hélèna ne digérait pas que son père puisse s'accoquiner avec une fille de plus de trente ans sa cadette, le vivant injustement comme un nauséabond relent d'inceste.

Il aura fallu la démarche de Morgan pour venir bouleverser ce fragile compromis domestique. Les deux hommes ne s'étaient plus revus depuis Londres, à l'époque où Damian n'était que colonel. Le grade de général ne lui fut octroyé qu'à son départ à la retraite.

Leur première rencontre fut houleuse. C'était juste après les évènements du 11 septembre. Le colonel fut chargé de mettre en place une cellule de crise pour juguler la menace terroriste et pour cela, recruta, parmi des jeunes officiers prometteurs, Morgan sorti quelque temps plus tôt de l'académie de Sandhurst.

Ce dernier, alors en mission à Crimsonbeck enquêtait sur l'affaire Dewell qui ne faisait que commencer. Il n'apprécia pas d'être dessaisi et son caractère ombrageux le conduisit sur la pente savonneuse de la contestation. Il plaida sa cause avec opiniâtreté.

— Mon colonel, je me permets d'insister. Je suis en passe de rassembler les preuves qui jusqu'à présent manquaient pour confondre le mari.
Je requiers un délai de quatre mois avant de

rejoindre ma nouvelle affectation. Je m'engage dans ce délai à boucler l'affaire…

La hiérarchie militaire ne goûte que modérément ce genre de révolte sourde qui brave l'autorité et dit-on sape le moral des troupes. Le colonel n'agit pas autrement, bien que cette insistance proche de la désobéissance, ne correspondît pas à l'image qu'il se faisait de cet officier, habituellement respectueux des barrettes.

— Mon lieutenant ! C'est un ordre… Votre successeur règlera le problème. Ce n'est plus le vôtre !

Le lieutenant ravala son orgueil et obtempéra :

— À vos ordres, mon colonel !

Cet incident, ce n'était pas le premier du genre qu'il rencontrait, laissa toutefois Damian perplexe. En effet, ce comportement, venant d'un bon sujet tout frais émoulu de Sandhurst, ne collait pas avec les chromosomes de cette prestigieuse école. Il se replongea dans le dossier de Wesley Morgan pour essayer de comprendre.

Pas d'histoire. Il était né à Littlebeak, la banlieue ouvrière de Crimsonbeck. Le père, cheminot de métier, au prix de travail et d'abnégation, avait gravi tous les échelons pour parachever sa carrière comme chef de Saint John Station. La mère éleva ses trois enfants, dont Wesley était le second et mourut prématurément, laissant son mari s'en occuper seul, avant que ceux-ci n'aient essuyé les bourrasques de la puberté.

En réalité, rien dans son passé, ne justifiait un caractère récalcitrant ou prédisposé à la fronde. Au contraire, durant sa scolarité, les notations convergeaient : « élève intelligent, travailleur, solitaire et réservé ».

Comme il fallait une explication rationnelle — la tare des ciboulots bien formatés — que le passé ne lui en fournissait guère, il conclut que Wesley, dont la famille peu fortunée, ne l'avait pas dorloté dans des draps de velours, manifestait seulement un profond attachement à sa contrée natale... Il se fourvoyait lamentablement.

Dans les mois qui suivirent, au sein de la brigade londonienne, absorbés par leur ministère, les relations entre les deux gradés furent bienséantes. Jusqu'au jour où Wesley, tout excité, fit irruption dans le bureau de Damian et l'apostropha crûment :

— Vous m'avez berné ! Je sais pourquoi vous m'avez éloigné du dossier Dewell.

Le colonel qui tombait des nues, sidéré par cette

intrusion intempestive tarda à répliquer, ce dont profita le lieutenant.

— On ne touche pas à la famille n'est-ce pas ? Vous m'avez caché vos liens avec Jordy Dewell. Vous êtes un menteur et un malhonnête.

En vieux daron averti, Damian accusa le coup et laissa son détracteur poursuivre, dans le but tactique de lui asséner, le moment opportun, la riposte fatale.

— Votre fils ! Votre fils ! Vous ne pouvez ignorer qu'il flirte avec la fille Dewell…C'est pour ça que vous le protégez, décocha Wesley certain de toucher le point sensible de son supérieur.

L'admiration du colonel pour son fils, Nicolas, était bien connue du groupe antiterroriste. Le jeune homme accompagnait fréquemment son père au bureau et témoignait, aux dires des membres de l'équipe, d'une belle intelligence qui augurait un avenir avantageux.

Damian, le colonel, le père, tous reçurent l'attaque sans y avoir été préparés. D'une même voix, atone, ils s'entendirent demander :

— Pourriez-vous répéter ce que vous venez de dire ?

Pendant ce laps de temps, sous le crâne de Damian, mijotait les spéculations les plus délirantes qui embastillaient son fils et sa copine, … complices, leurs vies brisées…

Cette ligne de défense psychologique, qui consiste à maximiser un danger, peser le pire pour mobiliser les meilleurs instruments de combat lui avait été légué, il y avait fort longtemps par son professeur de stratégie à l'académie.

Souvent, tant dans sa carrière militaire que dans la vie de tous les jours, l'enseignement de sir Richard Hamilton lui avait permis de rendre gorge aux adversaires les plus coriaces.

Dans un premier temps, il jugea qu'il fallait désamorcer l'explosif :

— Lieutenant ! Vous apprendrez que lorsqu'on profère des accusations aussi graves, on se doit d'en mesurer, non seulement les conséquences, le mal que vous me promettez, mais avant tout leur véracité. Vous n'avez pas d'enfant. Donc, vous devriez savoir qu'un fils, à dix-neuf ans, ne dévoile pas les dessous de carte de ses amourettes à son paternel. Vous me l'apprenez. J'en suis fâché, car je respecte l'intimité des gens y compris celle de mon unique enfant.

Wesley, honnêtement persuadé de tenir la vérité,

et doté du même sens logique que son belligérant, précisa la portée de son argument.

— Je ne prétends pas que la fille Dewell et votre fils soient impliqués dans ce meurtre, je vous reproche seulement d'avoir usé de votre autorité pour me décharger de l'affaire afin de mieux pouvoir l'étouffer...au cas où.

Cet enchaînement rigoureux arrangeait le colonel qui voyait le baromètre de sa confiance remonter.

— Sachez tout d'abord, qu'il n'a jamais été de mon ressort de vous faire muter. Je vous ai simplement coché sur une liste de curriculum vitae pour intégrer notre team. Votre hiérarchie a pris la décision... Ensuite, vous parlez de meurtre, c'est aller un peu vite en besogne et faire fi de l'intégrité et des investigations objectives conduites par votre collègue !

Wesley n'en démordait pas.

— Je n'en doute pas, mais je possède peut-être des éléments qui auraient échappé... avança-t-il énigmatique.

Il n'en fallut pas plus au colonel pour mettre à mal l'imprudent.

— J'ignore à quoi vous faites allusion. Mais, si vous dissimulez des informations précieuses pour l'enquête, laissez-moi vous dire que vous commettez une monumentale erreur.

Cette fois-ci, sans lui laisser le loisir de répliquer, le colonel lui intima sa décision.

Wesley irait à Crimsonbeck afin d'épauler Kate Brown, la magistrate du CPS[4] à qui le dossier avait été transmis.

Au fond de lui-même, il escomptait que cette dernière ne lui accorde que peu d'intérêt et ne lui concède pas la moindre faculté de manœuvre. C'est ce que lui, aurait fait.

C'est aussi ce que fit Kate Brown, une femme acariâtre d'une cinquantaine d'années aux origines mauricienne, rivée à la couronne britannique, par une indéboulonnable fidélité.

Elle écouta poliment Wesley et le remercia de s'être déplacé, mais ne fit aucun cas de ses observations. Elle prononça une ordonnance de non-lieu et le suspect, Dewell, recouvrit la liberté au grand dam de Wesley qui ne pardonna pas au colonel cette ultime humiliation.

Même s'il en ressortit soulagé, ce n'est pas exactement ce qu'attendait Damian. À dire vrai, ce non-lieu choqua une bonne partie de la

---

[4] *Crown Prosecution Service.*

communauté locale et l'interloqua tout autant. Ils avaient majoritairement entériné la culpabilité de Jordy Dewell.

Son exil à l'étranger, pour fuir les rumeurs et oublier sa révocation du collège ne modifièrent pas tout de suite son opinion et aggravèrent son ressentiment. Puis, le temps passant, il finit par se rallier au jugement de sa belle-fille.

Hélèna, qui avait entretemps épousé Nicolas, n'a jamais douté de l'innocence de son père, ce qui le convainquit définitivement, même si le personnage sourcilleux qu'il ne côtoyait qu'épisodiquement, n'était pas sa tasse de thé.

•••

Jordy se dresse devant lui, fébrile et impatient d'entendre le général, ne sachant comment entamer la conversation. Damian le sait et prend l'initiative :

— Bonjour ! débute-t-il d'un air détaché qui rassure celui qui pensait fermement qu'un malheur avait frappé Hélèna.

Urla s'est tu. Elle se tient à distance, soupçonneuse.

— J'ai été stupide. Je voulais vous présenter mes excuses. Nos enfants ne méritent pas de subir les effets de nos chicanes. Margaret non plus...

Jordy se frotte les mains convulsivement et secoue les épaules comme pour se conjurer du froid, alors qu'une fièvre salutaire envahit son corps. Ce tic, dont il n'avait jamais su se débarrasser depuis l'adolescence, extériorisait son plaisir.

Dans un bredouillis quasi inaudible, il excuse Damian et se confond en regrets sincères. Il ne croyait pas que celui-ci puisse un jour se livrer à pareille reddition tant le général lui inspirait morgue et suffisance.

Son naturel suspicieux, entretenu par des années de galère lui instilla cependant, une bribe de soupçon. Il se ressaisit :

— Dites-moi, Dax...Damian — il faillit écorcher le prénom — vous n'avez pas fait le déplacement pour me dire ça ?

Nullement embarrassé, celui-ci, non sans malice, répondit calmement :

— Non ! — puis après un silence délibéré — vous souvenez-vous du capitaine Morgan ?

Le ciel lui tomba sur la tête ! Comment pourrait-il ?

Un flot de misères s'abattit sur Jordy Dewell en même temps que sa mâchoire se serra, durcissant les muscles de ses joues, emplissant ses yeux d'une encre fielleuse.

— Il est commandant désormais. Il lui aura fallu du temps...dit-il en surveillant Urla.

Jordy ne bronchait pas, mais son être n'était plus que colère, une plaie dégoulinante de violence contenue. Il demeurait coi, appréhendant le pire.

— Bien que nos relations fussent inexistantes depuis Londres qui nous vit nous opposer sauvagement, Wesley Morgan a repris contact récemment.

Jordy, en dépit d'une instruction militaire tronquée — on l'avait exempté après treize jours de classe — savait se maîtriser et ses poings n'attendaient que le signal, l'instant propice pour cogner cet abruti de défroqué qui se régalait à le torturer.

— Vous ne devinerez jamais ce qu'il voulait ? interrogea le général, un sourire malicieux au coin de la lèvre.
— Non ! répondit Jordy, faisant mine de se désintéresser pour mieux contenir l'ouragan qui ravageait ses tripes.

Il ne comprenait pas l'attitude légère du général.

Aussi, dans un sursaut de crânerie, il coupa court :

— Bon ça va ! C'est une plaisanterie ?

Dédaignant la remarque, ce dernier lui infligea un soufflet supplémentaire :
— Hier, pendant que vous étiez absent, Morgan s'est rendu chez vous à Greenwood pour y rencontrer Nelly…
— Que lui voulait-il ? s'insurge alors Jordy excédé de ne pas être au courant.
— Je ne saurais le dire. Je ne suis pas dans les confidences de Wesley, encore moins dans celles de votre compagne. En revanche, j'ai une bonne nouvelle.

Damian maintenait le suspens tandis que Jordy, loin de se détendre l'observait d'un œil méfiant. Cette ouverture vers un champ positif de relations lui paraissait tellement extravagante qu'il se mit à ausculter son vis-à-vis, s'efforçant de percer, derrière cette façade martiale, le semblant d'un souffle d'humanité.

Alors il réalisa que jusqu'à présent, il ne s'était jamais intéressé à lui, n'avait jamais consenti d'effort pour le connaître, s'attachant à ne voir que le représentant stéréotypé d'une institution exécrée qui se résumait en un galon cousu sur une tenue réglementaire.

L'homme qui le martyrisait avait dépassé la soixantaine et ses rares mèches grises se perdaient dans une chevelure blanche impeccablement brossée. Des rides naissantes égratignaient le front d'une portée de musique orpheline de ses notes. Ses joues, faiblement rebondies, rappelaient l'embonpoint délicat de tout un corps déclinant, irrémédiablement poussé vers le crépuscule de la vie. Le regard n'était pas aussi dur que le pincement des lèvres ne le laissait supposer.

Cette prise de conscience rassurante l'avait détourné de la bonne nouvelle.

— Désolé, je n'ai pas écouté, s'excusa Jordy.
— Je suis venu pour votre chienne...une sheltie, c'est bien ça ?
— Je ne comprends pas.
— C'est simple ! Nelly..., votre épouse, a confié à Morgan, lors de sa visite, son inquiétude à propos du sort qui lui était réservé, à défaut de trouver vite un nouveau maître. Il a voulu lui faire plaisir ..., sachant que votre fille recherchait un chien.

Jordy se renfrogna. Tout ceci n'était pas clair.

— Tweenie n'as pas besoin de maître, siffla-t-il.
— Je voulais dire « une famille », s'amenda aussitôt Damian, désolé de sa bévue.
— Qu'est-ce que vous fabriquez dans cette histoire ? Je vous croyais en froid avec l'autre.

Et puis, comment a-t-il pu savoir que ma fille cherchait un animal ?

Il était devenu brutal, ulcéré d'apprendre qu'Hélèna désirait un chien, sans qu'il le sache.

Damian ne s'inquiéta pas de cette agressivité qui pourtant ressuscitait un passé ténébreux.

— Morgan, tout comme moi, fréquentons le cercle des officiers de Crimsonbeck. Nous avons coutume de poliment nous ignorer ; nos estimes réciproques n'ont guère varié malgré les ans. Cependant, il aura consulté à la conciergerie, l'annonce que j'avais affichée pour le compte de ma charmante bru..., votre fille. Voilà tout.

Jordy restait dubitatif. Quand quelqu'un, dans le secteur voulait un chien, il ne manquait pas de s'adresser au chenil de Greenwood. Pas sa fille ?

— Vous comprenez qu'elle ne pouvait décemment pas appeler directement Nelly... J'ai donc servi d'intermédiaire.

Jordy ne répondait pas.

— Quant au capitaine ... Euh ! Commandant, je n'arrive pas à m'y faire, il faut pas s'inquiéter. Ça a toujours été un cavaleur, enchaîna Damian qui semblait lire dans les pensées.

— Il veut épater Nelly. Rien à voir avec votre affaire...

— C'est du passé, continua-t-il, comme si l'angle de la séduction était anodin.

— Elle n'est pas là ! coupa court Jordy.

— Qui donc ?

— Tweenie ...

— Vous l'avez déjà ... euthanasiée ?

— Non, elle est partie en goguette avec Tommy Dewell. Je ne sais pas quand ils reviendront..., s'ils reviennent.

Damian ne cacha pas sa déception. Il pensait faire la surprise ce soir ...

— Bon, ben, dans ce cas, c'est toi qui l'amèneras. C'est sans doute mieux ainsi, conclut-il.

Cette perspective ne réjouit pas Jordy autant qu'elle aurait dû. Cela faisait deux ans qu'il n'avait plus vu sa fille, depuis que Nelly s'était greffée dans leurs vies.

Il redoutait cette confrontation autant qu'il l'espérait, mais plus encore, regrettait la fuite de Tweenie. Pourquoi les avaient-ils chassés ? Assurément, il passerait une mauvaise nuit ...

— Dis donc ! Je peux te poser une question ? Pourquoi t'as appelé ton chien Tommy Dewell ? Tout le monde se serait contenté de Tommy.

— T'as pas l'air de me connaître, tu devrais savoir… C'est un membre de la famille.
— Ah ! Oui. Passe-moi un coup de fil quand tu iras à la Varenne, je viendrais avec Margaret. Ça peut être utile…

Tandis qu'Urla décompressait en regardant le 4X4 s'éloigner, Jordy gardait l'œil rivé sur le chemin du marais.

— Revenez les chiens ! revenez vite ! grogna-t-il.

•••

CHAPITRE 5

LE COMPLOT

Gladrot Valley n'était pas très éloigné de Greenwood.

— Guère plus de trois miles, constata Morgan qui venait d'éteindre son portable après avoir posté un SMS à Nelly.

Il enclencha la vitesse et laissa Greenwood derrière lui, satisfait de sa bonne action...

Ce n'était pas une ville, ni même un village : juste un hameau excentré, rattaché administrativement à Warstreet.

Des demeures cossues de facture contemporaine accueillaient là, autour d'un terrain de golf, le gratin de la bourgeoisie locale dans une atmosphère de défiance et de jalousie que seule la fausseté de ses habitants rendait vivable.

Il était fier d'avoir trouvé une solution pour Nelly. Quand il avait su, il s'était souvenu de l'annonce d'un officier, punaisée au tableau du cercle : « recherche chien-ne toutes races ».

L’identité de l’auteur d’abord le rebuta. Il préféra ne rien dire sur le champ à Nelly.

Il redoutait de raviver de vieilles rancœurs qui risquaient de dégénérer en nouvelle dispute.

Jaugeant de son côté que l’ardeur s’était éteinte, il surmonta sa répugnance initiale pour l’appeler.

— Allo ? Bonjour Colonel. Morgan à l’appareil !

Il ne fit pas gaffe. Ce fut automatique. Pour lui, Damian Wilson n’avait jamais endossé la soutane de général. À l’instant où il prononça « colonel », il se mordit les lèvres, mais il était trop tard.

La réponse ne se fit pas attendre :

— Ah ! Bonjour. Ça fait un bail … lieu-te-nant. Répliqua Wilson d’un ton affable, martelant chaque syllabe.

Cette double méprise les resituait dans des rapports anciens. Elle aurait pu catalyser de nouveaux dissentiments. Le contraire se produisit.
Le temps de la sagesse les avait tous deux contaminés éparpillant quelque part dans leurs crânes, des brisures d’indulgence qui ressurgissaient à point nommé.

— Vous n'avez pas changé « général » ! s'amusa Wesley.
— J'espère que vous...oui ! répliqua Damian, sarcastique.

Cette entrée en matière accommodante facilita la suite. Ce fut Damian qui prit les devants.

— En quoi puis-je vous être utile ?
— Voilà — reprit Wesley — Je sors de chez Nelly, euh ! je veux dire madame Richard..., la...la camarade de votre compère, s'embrouilla -t-il, provoquant l'hilarité du colonel général.
— Je vois que vous n'avez pas changé, toujours amateur de pouliches ! Vous avez queuté votre vocation, mon cher. Votre arme, c'était la cavalerie.

L'humour tendancieux de Damian Wilson aurait pu offenser l'ancien subalterne. Mais celui-ci, mûri et racorni par l'âge lui balança, du tac au tac, quoiqu'un peu surpris de lui-même :

— Je me demande si du côté de « la Varenne », on ne serait pas ravi que je monte cette pouliche ?
— Soit ! Je ne vous interromps plus... capitula Damian, piqué par la gaillardise inattendue de celui qu'il continuait de considérer comme un sous-fifre.

Il expliqua comment il avait appris que Nelly et Dewell peinaient à faire adopter Tweenie. Cela pouvait coller avec l'annonce placardée au mess.

Damian se montra particulièrement heureux de cette nouvelle et remercia chaleureusement. Il espérait, grâce à ce prétexte, réconcilier Hélèna avec son père, bien loin de partager les visées galantes de son interlocuteur...

— C'est super ! Je vais me rapprocher de Dewell dès que possible. Vous vous doutez qu'il ne faut pas que les deux louloutes s'en mêlent, dit-il en parlant de Nelly et d'Hélèna.
— Ça va pas le faire. Avant d'ajouter, rieur :
— Un dernier truc. Un de ces jours au cercle, on pourrait boire un verre ensemble ...

•••

Le quartier de Gladrot Valley expérimentait un concept « ambiantal[5]» élaboré par une association « d'experts édificateurs[6] » rêvant de métamorphoser la vie quotidienne des « anthropiens[7] ».

Ainsi, outre la sauvegarde élémentaire des arbres qui conférait à l'ensemble observé à distance, plus l'aspect d'un massif végétal que celui d'une grappe

[5] *Écologique ou plus communément vert*

[6] *Croisement d'architectes et de chamans*

[7] *Humains, à ne pas confondre avec « hommes ».*

d'habitations, la circulation interne ne devait entraver en aucune façon le développement de la vie des occupants originels. C'est la raison pour laquelle, tant de cafards et de vermines y proliféraient.

C'est dans ce paradis infernal que vivait Phill Pearson, à sept miles et quatorze yards de la centrale nucléaire qui alimentait à profusion cette population radioactive en électricité décarbonée.

Le patron du district fédérait contre lui un nombre incalculable d'inimitiés, rançon de son ascension politique et sociale fulgurante. Dans sa jeunesse, Phill avait manifesté avec fureur contre la construction de cette centrale, n'hésitant pas, avec sa clique d'anars, à jouer des poings contre la maréchaussée.

Il appartenait à cette frange de socialistes qui beugle systématiquement au viol de la démocratie, mais ne loupe pas une occasion de transgresser les décisions des instances élues lorsqu'elles heurtent leurs convictions.

Tout cela, au nom d'une morale vaseuse, hissée en valeur suprême qui prêtent aux faibles et aux pauvres une bonté naturelle que les forts et les riches auraient planquée dans des coffres suisses.

Dans ces conditions, la complicité qui s'était établie

entre Morgan, l'homme du devoir et Pearson l'opportuniste, relevait du miracle. En accédant au pouvoir, ce dernier avait hérité de sa légitimité. Cela était suffisant pour Morgan qui, dès lors, rancarda les roustes et les barricades, ne retenant que les faits présents pour objectiver sa pensée.

Phill Pearson était un homme de taille moyenne, un peu la dégaine de Léon Trotsky, mais en version british. C'est dire qu'il portait bien le costard.

Doté d'un regard perçant dissimulé derrière de grossières lunettes de myope, le faciès ignorait le sourire qu'il réservait d'ordinaire, à ses propres saillies.

À défaut de posséder l'intelligence de l'illustre révolutionnaire, il avait en commun un sens affuté de l'organisation qui fit de lui rapidement un remarquable administrateur. Morgan apprécia cette vertu qui réunit les deux hommes dans une improbable amitié.

Ses adversaires, ils étaient nombreux, ne pouvaient guère contester son action, tant sa générosité envers ses administrés regorgeait d'attentions désintéressées. Il profita, avec une poignée de fidèles, de ces bonnes intentions, pour bunkeriser les postes clefs du district et conduire sa politique de manière despotique sans s'embarrasser de la doxa démocratique.

Il ne restait à ses opposants que la caricature et l’injure : ceux qui prétendaient l’avoir approché affirmaient qu’il « puait de la gueule », sans qu’on sache pourquoi ? L’avait-il grande ou seulement sale ?

Wesley Morgan connaissait les règles. Il avait garé son véhicule sur l’esplanade et, refusé le vélo que lui proposait le gardien du site.

— Je vais encore me farcir le chemin à pinces, pensa-t-il, se lâchant, comme à chaque fois qu’il venait ici.

Il ne s’expliquait pas pourquoi, lorsqu’il déambulait à Gladrot Valley, au milieu de ces villas au luxe parfois prétentieux, au cœur de cette société d’étrangers, il ressentait une sorte de soulagement. Ce monde ne ressemblait pas au sien. Inconsciemment, il se figurait qu’il pût échapper aux lois communes, et que lui, le préposé à la discipline n’aurait aucune mainmise.

Il admira, il le faisait toujours, l’imposant manoir pseudo-classique qui se dresse à la croisée de Dolphin road et Orient Lane. Bien qu’il n’eût guère plus de vingt ans, l’édifice, au prix de placages en granit bon marché, singeait les façades grises et mélancoliques des authentiques châteaux de Cornouaille.

Les encadrements de fenêtres en calcaire blanc apportaient leur touche de vigueur et de distinction, tandis que les dizaines de petits carreaux filtraient la lumière avec avarice. Le corps principal au centre se distinguait par sa remarquable symétrie, organisée autour d’un porche couvert qui protégeait une lourde porte en merisier dépourvue d’ouvertures.

Enfin, deux tours disproportionnées, ornées de grotesques mâchicoulis, flanquées de part et d’autre de l’habitation, étalaient leur dose de mauvais goût en massacrant l’équilibre général.

Il guettait à travers la grille une présence éventuelle quand Phill Pearson vint à sa rencontre :

— Wesley ! Qu’est-ce qui t’amène ? T’aurais dû me prévenir...— il poursuivit – Elle est bath, n’est-ce pas, la crèche du notaire... ? nargua-t-il en levant les yeux au ciel.

Il ne répondit pas, lui il la trouvait belle, se bornant à prendre Phill dans ses bras et lui tapoter familièrement l’épaule.

— Salut ma poule, depuis quand je devrais avertir avant de venir chez toi ?

Phill lorgna le colis que Wesley serrait sous son aisselle. Ce n’était pas une visite amicale.

Il se sentit contrarié, non par l'apparition soudaine de son ami mais par le chambardement que cela provoquait dans son agenda. Il s'employa avec rudesse.

— Viens, on va voir ça ! J'me doutais qu'avec ta défroque guerrière, t'étais pas là pour une partie de pêche... J'te préviens, j'ai pas trop de temps.

Wesley, d'un habituel anxieux ne se démonta pas. Ils se connaissaient depuis tellement longtemps que leurs défauts n'avaient plus d'emprise sur eux. Il ne se pensait même pas tolérant, seulement prisonnier consentant d'une formidable amitié.

Phill habitait non loin de chez Withers, « môssieur », comme il disait, ulcéré qu'on puisse qualifier quelqu'un de « maître ».

Sa maison était plus modeste. À dire vrai, celle du notaire faisait exception. Il fallait bien que ce notable se distinguât puisque ses compétences n'y suffisaient pas.

La plupart des autres propriétaires, car les locataires n'avaient pas droit de cité à Gladrot Valley, se rallièrent aux sermons des « experts édificateurs », chacun en fonction de leurs moyens, plutôt rondelets.

Phill n'aurait jamais dû accéder à cet asile verni de

bourges. Ses origines populaires, le privant du soutien financier nécessaire, l'entraînèrent dans des études décousues et inachevées, voisinant les petits boulots qui forgèrent très tôt ses convictions et son engagement dans un mouvement écologique alors vagissant.

Enfin, son sens de la pédagogie, sa culture syncrétique, fruit d'une curiosité sans bornes, en firent un instituteur rare, avant que l'ambition politique ne le dévore.

Acquérir le terrain ne fut pas chose aisée. Gladrot Valley n'était pas à portée de toutes les bourses. Les mauvaises langues, il s'en souvient, rapportèrent des ragots qui vinrent aux oreilles de l'incorruptible Morgan. Un soir, celui-ci se présenta, embarrassé.

— Salut Phill ! Je voudrais te parler...j'suis un peu emmerdé.
— Raconte, c'est quoi encore ? répondit-il, rompu aux coups tordus de la droite.
— Tu connais la société Whitaker ?
— Oui, tout le monde la connaît ...
— Elle a fait l'objet d'un contrôle fiscal plutôt épicé, avec communication du dossier au pénal. J'ai la charge de l'enquête et...
— Et, et...tu crois que je pourrais être compromis.
— On a la quasi-certitude que des politiques ont été arrosés...
— Bien entendu, tu penses à moi, parce que je suis

le boss du district !
— Ta baraque fait jaser... je suis ton ami, tu me le dirais si t'avais croqué, hein ?
— Si c'est le cas, si je suis ton ami, à moins de disposer de preuves, tu ne devrais pas me poser la question. Je pourrais penser que tu uses de cette amitié pour les obtenir. Je ne te répondrai pas.
— Te vexe pas... Je sais que tu es proche de Reynolds et que peut-être, t'as entendu...
— Suffit ! Reynolds est un bon copain et un type réglo qui mène très bien sa barque. Son groupe intervient sur de nombreux chantiers dans toute l'Angleterre et je n'ai jamais eu vent du moindre problème de la part de collègues.
— Bon !
— Tu sais, à supposer que t'aies raison, saches que Reynolds n'est pas tombé de la dernière pluie. Je les crois suffisamment malins, lui et sa mauvaise graine d'expert-comptable pour baiser le fisc.
— Les experts-comptables ? Tu me fais marrer. Tout juste bon à piquer le pognon...
— Tu devrais pas dire ça. Il n'y a pas parmi eux que des petits comptables. Certes, ils n'ont pas encore atteint le degré de perversion des avocats ou la malice des agents immobiliers, mais il y a de plus en plus de voyous dans leurs rangs. C'est le signe que cette profession devient honorable.
— Putain ! conclut Wesley fataliste.

L'affaire Whitaker accoucha d'une souris. De manière tout à fait banale, Phill Pearson se fit épingler pour une infraction au code des marchés publics. La cour releva un appel d'offre sur lequel il manquait une signature sur les sept requises, ce qui viciait la procédure. Il écopa d'une amende qu'il maquilla en note de frais. Ses électeurs ne comprirent rien au schmilblick et lui renouvelèrent leur confiance, mandat après mandat. ...

Wesley appréciait uniquement le salon et sa baie vitrée qui donnait sur un pan de verdure sauvage, abrité du voisinage. Tout le reste lui déplaisait. Il ne le disait pas pour ménager Phill, mais cette architecture bâtarde, inspirée du style Prairie[8] , il la trouvait moche.

Il est vrai que les ajouts de panneaux solaires, les mûrs végétalisés, l'excès de bois par rapport aux autres matériaux, et surtout le manque de talent des « gourous constructeurs » ne reflétaient pas le raffinement des productions de Franck Lloyd Wright.

Au début, il n'avait pas compris pourquoi Phill tenait tellement à vivre dans cette jungle au milieu d'une faune qui ne lui ressemblait pas. Il lui avait expliqué.

— Quand j'étais gamin, ce bois appartenait à un paysan qui n'en faisait rien. Avec mon frère, c'était

---

[8] *Style architectural, rendu célèbre par l'architecte américain Franck Lloyd Wright, inscrit au patrimoine mondial de l'Unesco.*

notre aire de jeu ; sauf en période de chasse où on risquait de se faire canarder. Et si on se plaignait au paternel, on se faisait engueuler… Le bon temps.

Le bois, attribué à un promoteur après une habile torsion des règlements, il ne pouvait plus interdire le projet, tout juste le retarder ou fixer des limites draconiennes au permis. Il choisit la seconde solution et imposa sa vision écologique. Un précurseur à l'époque où l'écologie n'était encore qu'une idée, portée par une droite plus agile à donner des leçons qu'à les mettre en œuvre.

Acquérir un lopin pour continuer de vivre dans le jardin de son enfance, devint dès lors une évidence. Il ne perçut pas tout de suite les effets néfastes d'une micro-société défenderesse d'un idéal prétendument salutaire pour la planète, mais dont l'égoïsme sous-jacent implique la destruction des liens sociaux fondamentaux et la montée de la violence qui en découle.

Wesley comprit cela très vite. Il voyait aussi, les années s'écoulant que son ami n'était pas heureux. Sa femme Wallis, une délicieuse fourmi, toujours prête à rendre service s'était faite acceptée d'autant plus facilement que sa gentillesse et son manque d'assurance faisaient le bonheur de ces dames qui trouvaient toujours le moyen de la solliciter, sans considération en retour. Cela la peinait.

Contrairement à Phill qui affectionnait les objets somptueux, en ce sens légataire des œillades gourmandes de ses vieux qui souvent soupirèrent mélancoliques devant les vitrines de Fortnum & Mason : « C'est beau ! Mais c'est pas pour nous... », Wallis s'émerveillait des choses les plus ordinaires, amalgamant émotion et beauté.

Un jour, où il lui proposa de passer la journée à Londres afin de lui offrir une montre de marque française réputée, elle le calma gaîment :

— Pourquoi Londres ? Une montre de « quartier » me suffira.

La seule faveur qu'elle s'accordait, enfreignant son obsession d'économe, touchait les cadeaux qu'elle destinait aux autres. Ce trait de générosité en faisait la plus charmante des compagnes.

Wesley dont la vie était chahutée entre les chaleurs torrides d'un Don Juan et les hivers pleureux de vieux garçon, n'était pas le dernier à faire appel à son tempérament généreux pour qu'elle raccommodât ses accidents domestiques.

Mais lui, contrairement à d'autres, aimait sincèrement Wallis et ne manquait pas de la remercier par des gestes anodins, des attentions simples qui la touchaient. Il ne lui fallait pas beaucoup pour la rendre heureuse.

Ce jour-là, Wallis était absente, ce qui l'arrangeait, car le sujet qui l'amenait s'avérait délicat et il jugeait préférable qu'elle n'assiste pas.

— Sers-toi un verre en attendant, je vais retirer mes bottes. lança Phill, s'éclipsant au cellier.

Wesley avait ses habitudes, il était bien chez les Pearson. Sans doute, parce qu'en dépit d'une réussite palpable, ceux-ci n'assumaient pas leur rang social, et restaient collés à une coterie modeste, perpétuant ainsi l'effacement infus de leur source ouvrière parentale.

Tandis qu'il versait « son » whisky, il gambergeait, affalé dans le canapé en cuir, un « mare lungha » signé Vico Magistrati[9] .

— Ça ressemble à rien. — pas vraiment une absence de goût, mais aucun style, pas de ligne directrice rassurante, se disait-il.

Sur la cloison de gauche, une lithographie de Tamara de Lempicka fricote avec une gravure de même taille de Che Guevara. Wesley n'en est plus à la surprise.

— Dis donc, Tamara et le Che, la grande bourgeoise et le tortionnaire, tu donnes dans le sado... ! lança-

[9] *Célèbre designer italien.*

t-il, provocateur, un soir à Phill.
— La femme moderne et les couilles de mourir pour une idée, rétorqua-il, lui clouant le bec. Le débat était clos.

Près de la cheminée, rehaussée d'un manteau en pierre du Sussex, une photo écornée, en noir et blanc, montre Phill, ses parents et son frère sur la plage de Bournemouth dans les années soixante…

— Bon ! Venons-en au fait, assène Phill sans ménagement, en s'asseyant sur le rebord de la table du salon pour être au plus près, en face de Wesley.

Celui-ci se sent mal à l'aise. Il sait qu'il a fait exprès de prendre cette position de boutefeu.

— Alors, c'est quoi ?
— L'affaire Dewell…

Il se lance dans une argumentation qui d'emblée agace Phill. Celui-ci se tait. Mais il bout intérieurement et finit par perdre patience :

— Attends, tu veux que je déterre ce cadavre, t'es malade ? Elle a été jugée, c'est fini. Laisse ce type tranquille. On oublie !
— Non, elle n'a pas été jugée, un non-lieu n'est pas…
— D'accord, si tu veux. Mais ça fait vingt ans.
— Pas prescrit !
— Qu'est-ce que ça change. C'est quoi ton délire ?

Tu veux sauter cette Nelly. Tu déconnes. T'es devenu complètement parano mon vieux. Faut te faire soigner. Et puis, en quoi ça me touche, c'est toi le flic. T'as besoin de personne pour moucharder au CPS[10].

Wesley est blême, il ne s'attendait pas une telle remontée de bretelles. Il savait son ami coriace. La vie politique impliquant de multiples agressions aussi injustes qu'impunies, le comportement de Phill, mélange d'autoritarisme, de violences sournoises et de veuleries collait parfaitement avec le job.

— L'important, c'est que le taf soit fait, peu importe les moyens, se plaisait-il à rapporter, cynique, à ses contradicteurs.

Alors qu'en privé, Phill était tout à fait différent, affable et discrètement attentionné aux infortunes, replié sur un cercle fermé préservant un bonheur quotidien fait de simplicité.

Comment pouvait-il traiter ainsi son ami, pour une affaire qui ne le concernait pas ? Wesley redevenait commandant, déroulant mentalement les hypothèses, mais se gardant de les partager, déployant ainsi, sans le savoir, une ombre sur leur amitié.

---

[10] *Crown Prosecution Service*

Terriblement blessé, il a honte de ce qu'il est sur le point de dire.

— Parano, parano... Tu veux que je te rappelle l'affaire Whitaker, un vieux cadavre aussi.

Phill veut intervenir, mais il le coupe :

— Tais-toi ! Tu crois vraiment avoir payé le juste prix à l'époque, une signature manquante... foutaise. Tu t'es planté. L'expert-comptable, Patt Holfrey n'était pas aussi voyou que tu pensais ou alors un peu plus con. On a réussi à tracer la plupart des transferts de fonds vers l'étranger et à identifier leurs bénéficiaires.

À cet instant, Phill ressent une douleur à l'estomac. Il avale un verre d'eau. Ce n'est pas le dossier Whitaker.

Il vient de réaliser que Wesley, depuis tout ce temps, a bafoué ses règles de conduite pour le protéger. Il s'est tu pour lui.

Préférant ne rien dire, d'un clignement de paupières, il invite Wesley à poursuivre, ce qui en dit long sur sa gratitude.

— Ce n'est pas ce que tu crois. Je suis pas idiot. Je sais qu'elle n'est pas pour moi. Cela ne m'empêche pas de m'inquiéter. Je crois Dewell capable de péter une nouvelle fois les plombs. Réouvrir ce dossier relève, c'est vrai, de ma compétence. Je devrais saisir le CPS, mais je ne peux pas, car ces faits, non révélés lors de l'instruction me concernent… Voilà pourquoi j'ai besoin de toi. Il faut que tu m'aides à les séparer…

Sans qu'ils ne sachent ni pourquoi ni comment, chacun était maintenant convaincu que l'autre avait trempé dans l'affaire Dewell. Cela aurait dû les rapprocher, mais il n'en fut rien, comme si leurs secrets désormais, l'emportaient sur leur confiance.

Phill qui avait recouvré son aplomb, ne répondit pas directement, comme s'il voulait, par reconnaissance, ignorer le semblant de ce qu'il considérait comme un aveu de la part de Wesley.
— Revenons à l'affaire, puisque tu y tiens. Les journaux ont dit que c'était un accident. On a trouvé, ni preuve contraire, ni mobile sérieux…
— On n'a pas voulu les voir, j'ai été viré sur ce coup. Et tu sais par qui ? Damian Wilson…
— Le général ?
— Colonel ! C'est lui, le beau-père d'Hélèna, la fille de Dewell, qui m'a expédié à Londres. Tu piges ?
— Cela ne prouve rien. Qu'est-ce que tu fais des magistrats ? C'était qui au CPS à l'époque ?
— Kate Brown !
— Tu te fous de moi. Kate Brown, cette vieille peau mal tannée ! Elle se serait fourrée elle-même au trou si, en se regardant dans une glace, elle s'était trouvé

l'air louche… À côté, Elliot Ness[11] fait figure de ripou…
— Ça m'a beaucoup intrigué aussi…, j'ai fouiné. Tu vas voir, ça tient la route.

À compter de cet instant, Phill Pearson comprit qu'il ne lâcherait pas, qu'il irait jusqu'au bout. Pour la première fois de son existence, il éprouva un sentiment de vide, une frayeur qu'il n'avait encore jamais rencontrée. Comme le présage d'une fin du monde, de son monde, construit sur l'ambition raisonnée ou l'aventure n'avait pas sa place. Il savait gérer les imprévus, encaisser les coups durs, retourner une situation, mais comme tout un chacun, il demeurait impuissant devant l'histoire et l'épreuve des faits qui ressurgissaient du passé.

Désormais, résigné, il allait écouter « son » Wesley égrener les pistes encore inexplorées menant au meurtre de Clarisse. Il n'y attacherait pas grand intérêt, car contrairement à la foule de l'époque, il n'avait, bien sûr pas adhéré à la culpabilité de Jordy.

Ils l'avait rencontré à la communale et tous deux accomplirent un long parcours scolaire ensemble. Devenus des adultes, subsista une camaraderie durable nourrie par leur attrait commun de la nature.

---

[11] *Agent du trésor américain, héros de la lutte contre le trafic d'alcool à Chicago durant la prohibition, auteur du livre « Les incorruptibles » (1957).*

Il s'exprima pour l'un, dans le concert des joutes politiques et se convertit pour l'autre, en mode de vie humble et sobre.

Cette entente se fissura ces dernières années quand Pearson qui briguait la tête du DEFRA[12], proclama son intention de transformer Warstreet en « capitale du vent » en la dotant d'un immense champ d'éoliennes.

Jordy pour qui la contestation n'avait jamais revêtu la forme de l'action, se trouva propulsé par ses comparses, à la tête d'un groupuscule rebelle, bien décidé à déglinguer ces moulins à vent. Au mois de novembre, ils obtinrent une décision de justice qui, au moins à titre provisoire, paralysa le fonctionnement de la ferme, provoquant le courroux de Pearson.

— J'ai découvert que la Brown avait un petit fils. Après le décès de sa fille, décédée d'un cancer, la garde lui fut confiée. Sur le père, je sais rien, volatilisé. Peut-être à cause de ce manque, le gamin échappa peu à peu à l'autorité de la « vieille peau » qui aurait bien fait de lui mettre une ou deux raclées pour qu'il file droit. Bref, il dérailla et se mit à fourguer de la drogue.

Voyant que Phill n'accrochait pas, Wesley marqua un temps puis :

---

[12] *DEFRA : Department for Environment, Food and Rural Affairs.*

— Tu sais qui l'a sorti de ce merdier ?

Comme il ne répondait pas.

— Dewell ! C'est lui qui l'a chopé à dealer de la came au collège. C'est lui qui l'a pris en mains, sorti de la panade. Aujourd'hui, il exerce en tant que chirurgien-dentiste. Tu comprends pourquoi Kate Brown a pu faire entorse à son légendaire stoïcisme… et prononcer un non-lieu. Pour remercier Dewell d'avoir extirpé son mioche de la griffe des trafiquants. C'est tout.
— À quoi ça tient la chance, à la dérive d'un gosse ? songea Phill qui n'avait jamais compris pourquoi Kate Brown n'était jamais remontée jusqu'à lui.

— Intéressant, mais pas concluant, concéda Phill.
— Attends la suite. Quand on a perquisitionné la maison, on a trouvé sur la table de la cuisine, deux pains imbibés d'eau. Le plus fort, c'est que le pochon d'emballage et le ticket de caisse du boulanger figurent sur la liste des pièces à conviction collectées …sur le bateau.

Cela contredit les déclarations de Dewell qui s'accroche mordicus à la version accidentelle : Clarisse serait partie en bateau seule, acheter du pain et ne serait jamais revenue. C'est faux.

Wesley continua d'argumenter, dévoilant ses

pièces au fur et à mesure. Le compte-rendu d'expertise confirmait que le sang relevé sur le passavant était bien celui de Clarisse, que « *le corps portait, sur le flanc gauche et l'abdomen, des traces de blessures provenant d'un objet contendant. Peu probable qu'il s'agisse d'un couteau* ».

Il y avait aussi ce livre qui dérangea les enquêteurs. Dans le bureau de Dewell, ils trouvèrent en vue un exemplaire du roman de Truman Capote, « *De sang-froid* », avec une marque insérée à la page 223. Sur celle-ci, un paragraphe était stabiloté en bleu :

« *Entendu parler d'un nouveau poison pour les rats mis sur le marché. Extrêmement puissant, inodore, insipide, s'assimile si complètement une fois avalé qu'on ne trouverait jamais la moindre trace dans le corps de la victime* ».

Les procès-verbaux d'audition ne faisant aucune mention de l'explication fournie par Dewell ou bien la cote avait été retirée.

À cet instant, un remue-ménage dans le vestibule les interrompit. La porte claqua. Une voix s'éleva :

— Toujours pareil ... seule...
Wallis venait de rentrer de courses, encombrée de sacs et d'un vieux cabas à roulettes en tissus écossais.
— Tu pourrais m'aider ! lança-t-elle, acide à

l'attention de Phill.
— C'est toujours moi qui fais tout ! J'en ai marre...
— Je pouvais pas deviner. Pourquoi t'as rien demandé ? s'excusa Phill, ne bougeant pas.

Wesley, un discret sourire au coin de la lèvre, s'était précipité, sans rien dire, pour aider Wallis. Il l'accompagna à la cuisine, un grand espace gauchement avant-gardiste, ouvert sur le séjour.

Cette sympathique intrusion aux prétentions ancillaires dégela l'atmosphère devenue pesante.
— Merci. Heureusement que t'es là, dit-elle, jetant un regard coléreux.

Tandis que Wesley regagnait le salon, prenant place sur le pouf en cuir près de la cheminée pour éviter la position inconfortable imposée par Phill, elle continuait de lui parler, ignorant son époux.

— Bien sûr, tu restes à dîner. À la bonne franquette, j'ai rien préparé. J'ai pas eu le temps.
— Wallis ! On travaille, coupa sèchement Phill.
— Bon ! Bon ! Je me tais.

Wesley furetait dans ses papiers, s'efforçant de retrouver la contenance et l'énergie qui l'avaient animé jusqu'à présent.

— Tu aimes les langoustines ? reprit Wallis, continuant de ne s'adresser qu'à lui.

— Oui, susurra timidement Wesley.
— Je vais faire une mayonnaise..., enfin je vais essayer. Généralement, je la rate.

Phill bouillait. « Elle est top sa mayo ! »

— Je les ai eues pour quinze livres, une promo. Je ferais bien une mousse au chocolat. Qu'est-ce t'en dis ? Ça, je fais pas trop mal. Enfin, parfois, ça marche pas...

Wesley n'osait plus répondre, la tension montant au sein du couple. Il s'en amusait pariant intérieurement lequel des deux craquerait le premier.

Après avoir hésité, Phill intervint :

— Est-ce que tu pourrais nous laisser tranquilles dix minutes, ... cinq ? S'il te plaît.
— Je me tais. D'ailleurs, je ne parlerais plus. C'est fini. Tu vas voir ce que ça fait. On peut jamais rien dire. Y'en a que pour tes affaires ! Alors là, il faut écouter. Moi, ce que je dis, c'est pas intéressant. Je suis bête. Alors que toutes tes relations, des gens importants, ils ont plein de choses super à raconter. T'aurais dû épouser une femme comme eux. Tiens, Charlotte Picwick, en voilà une qui t'aurait été. Elle a plein de sujets de conversation, elle cause avec des rince-doigts...

Insensibles au réquisitoire, ou conscients qu'intervenir aurait envenimé les choses, les deux acolytes se taisaient. Ce silence, aux oreilles de Wallis sonna comme une marque de dédain et attisa sa hargne qui grimpa d'un cran.

— Voilà, comme d'habitude, rien. Tout le monde s'en fout. Je suis transparente. Et puisque c'est comme ça, débrouillez-vous pour manger. Moi, je vais prendre l'air.

Elle sortit bruyamment. Calmement, nullement décontenancé par la scène qu'il venait de vivre, Wesley reprit le fil de son argumentaire.

— Je te parlais du bouquin, du poison... Ça prouve que leur couple battait de l'aile au point qu'il préméditait de l'empoisonner.
— T'y vas fort. Tu es bien un flic. T'as pas pensé qu'il voulait seulement zigouiller des rats ?
— Alors pourquoi une femme dans la force de l'âge a cru bon de rédiger un testament ? C'est pas fréquent, t'en conviendra ? On prend ce genre de disposition quand on se sent malade ou... menacé.

Tandis qu'il dégageait le pli jauni d'une chemise en plastique translucide, Phill se demandait par quel miracle il pouvait détenir une telle pièce qui — Wesley avait été clair — n'appartenait pas au dossier judiciaire.

Il décida de ne pas relever cette étrangeté car désormais un climat de méfiance était en train de pourrir leurs rapports. Il se borna, sans conviction d'abonder dans le sens voulu par Wesley.

— Ouais, c'est bizarre, en effet.

Pendant ce temps, sans qu'ils n'y prennent garde, Wallis était revenue. Elle s'affairait à la confection du repas, discrètement à l'écoute de la conversation, prête à lancer une pique le moment choisi.
— Tu ne me demandes pas qui m'a remis ce testament ? insista Wesley qui, ce faisant, tentait habilement de ménager la suite.
— Tu connais l'estime que je porte au voisin, « l'escobar du droit » ; il te l'aura probablement refilé contre un service ...
— Stop ! C'est du sérieux.

Il extirpa de la poche intérieure de sa veste, une enveloppe fripée, fatiguée d'attendre, dont il vida le contenu sur la table. Phill reconnut deux billets d'avion de la British Airways. Il ne comprenait pas.

D'une pichenette, Wesley les fit glisser vers lui. Ainsi, il put distinguer la destination :

« ALLER SIMPLE – KINGSTON JAMAÏQUE »

Une vingtaine d'années en arrière, cette nouvelle

eut déclenchée une immense tristesse ou peut-être un tourbillon de folie. Il se contenta de soupirer :

— C'était donc ça, c'était ...

Wallis ne lui permit pas de finir sa phrase. La cuisine ne l'avait pas totalement absorbée. Elle enrageait d'être exclue, et le calme qui régnait lui tapait sur le système. Sans méchanceté, avec la gaminerie qui la caractérisait et pour laquelle tout le monde l'adorait, elle entonna, comme rythmant une comptine :

— Dick est passé -- le bois est coupé – dimanche faut livrer ! Là, là, là.

Les Pearson possédaient quelques hectares de feuillus non loin de Burnhill, qu'ils avaient achetés à la fin des années quatre-vingt-dix. Ils entretenaient méticuleusement ce bout de forêt qui leur servait d'alibi écologique, au service de leur engagement politique.

Dick Gwalchmai, un cultivateur aux racines galloises qui avait marié une « *fille de la mer*[13] », exploitait une vaste et prospère ferme d'élevage qui comptait un troupeau conséquent de Welsh Black dont les inquiétantes robes noires effrayaient les enfants.

---

[13] *C'est ainsi que les gens des terres désignaient celles nées sur les rives de l'estuaire de Grace River.*

La rencontre entre Dick et Phill aurait pu mal tourner. C'était un décembre à la salle des ventes de Leicester. Le commissaire-priseur présentait à la vente un tableau d'Henry Strafford représentant une « *vache carrée*[14] » quand Phill, en retard s'installa au fond de la salle sur un banc tout proche de Dick.

N'ayant pas entendu les commentaires du commissaire-priseur, il souffla à son voisin :

— Quelle horreur ! Faut être Irlandais pour acheter pareille mocheté !

On peut être Gallois et jouir du flegme britannique. Dick, habitué aux mauvaises manières des Anglais, lui répondit poliment :

— J'ai parcouru trente miles pour acquérir cette toile...et je suis Gallois.

Phill n'était pas encore devenu le politicien roué d'aujourd'hui. Mais, tandis que ses copains prodiguaient leur oisiveté à taper dans un ballon et à coller au train des filles, Phill fréquentait assidument l'école du parti qui lui enseigna entre autres la gestion de la provocation.

---

[14] *Style pictural de la fin du XIX siècle qui célébrait, par la démesure, l'excellence de l'élevage anglais et le succès des méthodes d'amélioration des races bovines*

L'excuse, la solution la plus simple pour rectifier la boulette présentait le risque de rupture définitive du dialogue.

La pirouette, improvisation humoristique instantanée ne lui gicla pas à l'esprit.

Il lui restait le terrain de la justification.

— Phill Pearson — se présenta-t-il — je puis supporter la monstruosité quand il s'agit d'animaux imaginaires ou d'espèces fabuleuses, mais la déformation, à des fins politiques de l'image d'animaux familiers m'écœure.
— Dick Gwalchmai — éleveur à Burnhill — le message politique de ce tableau avait court à la fin du dix-neuvième siècle. Il n'est plus d'actualité. Ce n'est plus qu'un moment d'histoire. J'espère qu'il me sera adjugé. Ainsi, il rejoindra ma bibliothèque et tiendra compagnie à une scène de marché aux bestiaux de Rosa Bonheur[15]. Avec elle, les animaux ne perdent jamais leur âme.

Ils se revirent régulièrement puis devinrent de bons amis. Quand l'occasion se présenta, la mise aux enchères d'une parcelle boisée à Burnhill, Dick qui s'estimait suffisamment riche, fit profiter Phill de

---

[15] Célèbre peintre animalière bordelaise du XIX siècle qui fut la première femme, dans son pays, à être promue au rang d'officier de la *Légion d'honneur*.

l'aubaine. Depuis lors, comme il possède l'art et le matériel qui convient, Dick effectue chaque année, à l'automne une coupe de bois de chauffage.

— Dimanche ! s'exclamèrent d'une seule voix les deux comparses.
— Ah ! On dirait que je vous intéresse, savoura Wallis qui recouvrait sa bonne humeur.
— Peut-être que je ne serais pas là… ajouta-t-elle, moqueuse.

Les familles Pearson et Gwalchmai, toujours accompagnées de Wesley perpétuaient une tradition où les femmes tenaient le premier rôle. Avant l'hiver, elles distribuaient des paniers de bûches aux déshérités, principalement des femmes âgées qui vivaient dans les paroisses isolées des environs de Burnhill.

Wallis et Tess Gwalchmai confectionnaient pour l'occasion tartes et friandises et portaient du vin chaud. Ces dimanches, car un seul ne suffisait pas, revêtaient à leurs yeux une grande importance. Il n'était pas question pour des gens qui ne fréquentaient pas le temple de manquer ce rendez-vous.

Phill, soulagé par la diversion que sa femme venait de lui offrir, la gratifia d'un regard pétillant. Il croyait vraiment, cette fois, que Wesley différerait la fin de leur entretien. Contre toute attente, alors qu'il s'apprêtait à lui restituer les billets, Phill remarqua l'identité d'un des passagers : Clarisse Dewell.

— Dis donc ! Comment tu as eu ces billets ? Tu ne m'as pas dit...

Wesley avoua sa liaison avec Clarisse et leur décision de s'enfuir ensemble le 11 septembre 2001, soit le lendemain du drame, ce qui faisait de lui un suspect plus que convenable. Les amants devaient, dans un premier temps, rejoindre la famille de Clarisse en Jamaïque.

Phill ne fut pas surpris de cette confession. Il se doutait que Clarisse ne partirait pas seule. Elle le lui avait laissé entendre.

Cependant, que Wesley fut l'amant caché, ça, il ne l'avait pas vu venir. Il ne doutait pas de ses talents de séducteur. Mais, bien qu'à l'époque, ils ne se fréquentaient pas, il n'imaginait pas Wesley renoncer à une carrière dessinée au millimètre, pour une histoire de cœur.

« *Un masque de tristesse dissimulait le vrai visage de Clarisse. La pluie qui redoublait, soulageait ses yeux de larmes douloureuses. Des bouclettes brunes frisottaient sur son front. D'un revers de main instinctuel, jouant d'élégants dodelinements de la tête, elle corrigeait l'espièglerie de sa chevelure. Ce soir fatal, il revoyait sa silhouette longiligne lentement se diriger vers l'embarcadère. Les lampadaires à vapeur de sodium qui éclairent d'une lumière orangée la promenade de Grace River prolongèrent longtemps cette vision avant que la nuit cruelle n'entrouvrît les portes du désespoir et libérât ses monstres. Grace River grondait.*

Il ne pouvait pas la laisser seule reprendre le bateau pour Green Island. Il savait que pour la dernière fois, il accompagnerait sa bien-aimée dans cette traversée. Elle le savait aussi, mais elle s'y opposa.

L'estuaire avait renoncé. Violenté par les assauts impétueux de l'océan, brisé par la complicité maligne du vent du nord, sa peau avait troqué son chaste velouté pour chausser un chaos aphrodisiaque avide d'engloutir les amants imprudents.

Le bateau s'éloigna. Clarisse se fondit dans cet univers humide qui était le sien. Phill demeura un long moment à scruter en vain la nuit, jusqu'à ce que son portable ne vibre ».

Phill se secoua et sortit de cette douloureuse rêverie.

— Comment se fait-il que les billets soient tous deux au nom de Clarisse ?

Wallis, à qui désormais, rien n'échappait, ne permit pas à Wesley de répondre.

— Parce que cette femme hésitait, jusqu'au dernier moment, avec quel salaud elle allait partir !

Wesley, sans doute groggy par les sentiments qui refluaient de sa jeunesse et meurtri à l'idée que Clarisse puisse avoir un autre amant, ne releva pas la grossièreté. Il aimait trop Wallis pour lui en vouloir.

Pendant ce temps, Phill s'inquiétait de savoir s'ils avaient, l'un et l'autre identifié le rival. Il n'en saurait rien ce soir-là.

Le dîner renoua avec les convenances usuelles et les discussions se focalisèrent sur le dimanche et l'organisation de la tournée bûcheronne…

Wesley reprit trois fois de la mousse au chocolat.

En l'escortant vers la sortie, Phill lui glissa :

— Je vais m'occuper de l'affaire. On va les séparer, ce Jordy Dewell et cette Nelly Richard. Tu peux compter sur moi.

Pour autant, il se garda de dire qu'il ferait tout pour empêcher la réouverture du dossier judiciaire. Wesley s'éloigna sans répondre, sans saluer son ami.

CHAPITRE 6

L’ENVERS DU VOYAGE

Gloria peinait à voir Jordy dans cet état. Les chiens étaient calmes. Tommy Dewell s’était fait une raison. Mais la conduite chaotique, le pied lourd, la brutalité dans les changements de vitesse, tout concordait.

Il éprouvait un mal fou à digérer l’entrevue de la veille avec le général, « Damian », qui désormais, le traitait avec familiarité.

Ce revirement inespéré dans l’attitude du père de Nicolas lui faisait grandement plaisir, mais des ombres indéfinissables venaient entacher son entrain tout neuf.

Son appréhension de retrouver Hélèna, moment qu’il avait tellement craint, s’était dissipée. En dépit des longs mois de silence, c’était toujours sa fille. Il pouvait tout accepter, tout pardonner.

Sa confiance était revenue quand Damian lui avait proposé son aide. Avant de quitter Greenwood, il avait envoyé un SMS à Damian… Margaret aussi serait présente. Il n’en doutait pas, Hélèna comprendrait...

Les manigances de l'autre le tracassait. Que se passait-il avec Morgan ? Pourquoi Nelly ne lui avait-elle soufflé mot de leurs liens ? Il savait qu'ils se connaissaient depuis longtemps. Les secrets, les mensonges ! Jordy était jaloux.

Les paroles de ses proches chuchotées dans son dos — « *elle est trop jeune pour lui, ça durera pas* » — ou bien celles plus ambiguës — « *elle n'est pas faite pour lui* » — signifiant qu'elle était trop bien, tout rappliquait à la fois.

La route était déserte comme si tout le monde s'était accordé pour laisser le champ libre à ce triste convoi. Ses yeux brouillés par la mouillure de l'émotion, les pensées égarées dans un passé lointain, il ne la vit pas. Le choc ne fut pas aussi violent. Il n'avait pas assez de haine.

Quand il sortit de la voiture, la femme s'était déjà relevée, retouchant sa coiffure comme si de rien n'était. Elle portait une robe en mousseline bleu pastel qui descendait jusqu'aux mollets.

La légèreté du tissu laissait entrevoir, par transparence, la finesse de ses jambes dont la longueur ne semblait plus finir.

Tweenie, réveillée par le brusque coup de frein

s'était dressée sur ses pattes. Elle tremblait de tout son corps. Trop épouvantée pour pouvoir aboyer, elle émit une sorte de feulement lugubre qui éteignit toute sorte de vie.

Les oiseaux se turent. Les arbres se figèrent, interrompant leurs bruissantes caresses. Les cascades en profitèrent pour se la couler douce. Un silence angoissant, surnaturel emplit la campagne.

— Je ne t'ai pas fait mal ? lui demanda Jordy. Pourquoi es-tu revenue ?
— Je n'ai pas apprécié la façon dont nous nous sommes quittés. Nous n'aurions pas dû nous disputer. Tu savais pourtant que ça finirait comme çà…

Il ne répondit pas. Il admirait la jeune femme. Les larmes qui inondaient ses joues réchauffaient son cœur.

— Nous nous aimions depuis longtemps, tu sais. Nous nous sommes rencontrés quelques mois après notre mariage, c'était à la remise des prix de la transat Henry Morgan[16]. Tu n'avais pas voulu faire le déplacement à Kingston, « *les mondanités, ce n'est pas mon truc* ». Cette régate m'était chère, tu le savais, tu sais pourquoi… Et tu n'étais pas à l'arrivée.

---

[16] *Célèbre pirate anglais du XVII siècle qui devint lieutenant-gouverneur de Jamaïque.*

Il se souvenait. Elle n'avait pas totalement tort. Au sortir de l'université, il n'était pas souvent à la maison. Il crapahutait dans les bourgades de la région, effectuant des remplacements, d'un mois, d'une semaine, d'un jour, les sales besognes d'une éducation nationale moribonde. Tout ça, pour un salaire d'une disetteuse maigreur. Loin de la congrégation voileuse qu'il ne fréquentait pas.

« *Se pavaner avec tous ces gens de mer qui radotent et se prétendent des loups dès qu'ils ont mis le pied sur un rafiot, trop peu pour moi* ».

— Crois-moi. C'est difficile de te dire çà. Mais, ce qui nous est arrivé, ce n'est pas une histoire banale. Je t'aimais et je ne t'aurais pas trompé pour une tocade passagère... Je ne suis pas un homme.

Elle adorait la voile qu'elle pratiquait depuis toute petite, ses parents vivant à Felixstowe où ils tenaient un commerce de fruits et légumes depuis leur installation en Angleterre dans les années soixante-dix.

— Un coup de foudre, ce n'est rien. Ça ne dure que le temps d'un éclair. Nous avons subi un cataclysme, un de ces tremblements de terre qui bouleverse définitivement l'ordre des choses. Nous avons bien essayé de résister, conscients tous deux d'aimer déjà quelqu'un.

En octobre, peu après la rentrée scolaire le proviseur le convoqua et lui balança, rigolard comme s'il s'agissait d'une plaisanterie : « *Dewell, vous allez passer une quinzaine au soleil, enfin ..., à la plage. Une classe de voile à Felixstowe* ». Il eut beau protester qu'il n'y connaissait rien aux drisses, aux winches et aux safrans, l'autre lui tint l'oreille molle. C'était un ordre.

— Nous ne voulions pas faire de mal. Sa femme et toi, vous n'étiez pas responsables de ce qui nous arrivait. Nous avons donc décidé de ne plus se voir. C'était difficile...Je ne pouvais m'empêcher de penser à lui. Les mois passèrent, et nous respectâmes notre serment.

Il fait frisquet sur la grève de Felixstowe. L'anémomètre affiche quinze nœuds, fraichissant en direction du sud. Le catamaran surfe sur les vagues, barré avec dextérité par cette frêle créature à la peau d'argile. C'est elle qui doit diriger la classe. Lui, devant se contenter d'un rôle de figurant.

— La naissance d'Hélèna aurait dû me permettre de tourner la page. Au contraire, j'eus un terrible pressentiment. Tu vois de quoi je veux parler. Lui ne se douta de rien. Comme je te dis, nous ne nous voyions plus.

Dans une ultime envolée, le voilier s'engage entre les brise-lames, lofe jusqu'à venir se placer face au vent avant de venir s'échouer sur le sable, pataud comme un zodiac déballonné. Ce fut la première rencontre avec Clarisse. Elle plut à Jordy.

— Quand j'ai eu la certitude que l'enfant n'était pas de toi, j'ai continué de garder le silence. J'étais heureuse avec toi. Tu étais gentil et la venue d'Hélèna me révéla quel merveilleux père tu pouvais être. Pendant ce temps, je continuais de penser à lui. Le destin, enfin presque, le remit sur mon chemin.

À la fin de l'année, Jordy fut convié à la fête de l'école de Felixstowe. Il se souvint de la charmante skippeuse et décida de se rendre à l'invitation. Ils dansèrent toute la nuit. Il surfait sur le parquet du gymnase comme elle sur la houle. Elle voletait dans les bras de ce surprenant danseur. Il plut à Clarisse.

— C'était à Bournemouth : Channel 8, une régate d'un grade inférieur à celles auxquelles je participais habituellement. Je savais qu'il passait ses vacances à Bournemouth depuis son enfance et j'espérais l'apercevoir. Mon cœur chavira quand je lus le nom de Phill Pearson sur la liste des membres du jury. Lors de la troisième manche, volontairement je refusai un tribord à un concurrent qui porta réclamation. Nous fûmes convoqués devant le jury.

Ils se plurent et décidèrent de se marier. Clarisse et Jordy n'avaient même pas pris le temps de s'aimer.

— Phill fit tout son possible pour m'éviter la disqualification. Il tortura malhonnêtement les règles de la Royal Yachting Association à la stupéfaction de ses deux collègues arbitres, tandis que je m'amusais de son acharnement. Bien sûr, je fus rétrogradée conformément à la règle 69[17]. Nous passâmes la nuit ensemble.

Clarisse était une artiste aussi étincelante sur l'eau qu'empotée sur la terre ferme. Elle rêvait de dompter les cinquantièmes hurlants[18], d'apprivoiser les soixantièmes déferlants. La tambouille et le ménage ne figuraient pas au programme.

La course au large et ses risques, ne récompensait pas à leur juste valeur ces gladiateurs des mers qui, malgré le renfort des sponsors couraient le plus souvent après les pépètes. Clarisse, championne en herbe, n'échappait pas à la règle et ses médiocres gains finissaient toujours dans l'entretien du trimaran. Jordy peinait à subvenir aux besoins de la famille. Il se taisait.

— Nous n'étions prêts, ni l'un ni l'autre à ficher nos familles en l'air. Il y avait des enfants…Mais, il n'était plus question de sacrifier notre amour. Nous le ferions en cachette. Pour ça, Phill était plus organisé

---

[17] Selon les règles de course à la voile : mauvaise conduite notoire.

[18] Vents redoutés des navigateurs que l'on retrouve dans l'océan Austral. Ils portent les numéros des parallèles qui les délimitent, dans l'hémisphère sud.

que moi.

« *Mille deux cents livres, monsieur, l'aller-retour* ». Jordy remercia l'hôtesse de la British Airways et s'éloigna du comptoir, tirant Hélèna par le bras. « *Bon ! On n'ira pas à Kingston voir maman, mon poussin. Pas cette fois. Viens, on va manger une glace* ».

— Phill regorgeait d'idées originales. Nous nous rencontrâmes dans des lieux improbables, fîmes l'amour aux quatre coins du Comté. Il nous arrivait de ne pas se voir pendant des mois, sans que cela n'éteigne nos désirs. Au premier regard, l'électricité survoltait nos corps qui s'embrasaient de la tête aux pieds.

À ce moment, le fantôme de Clarisse soupira, voulant ainsi signifier son innocence face au destin qui les aurait envoutés dans un amour irrépressible.

Jordy ne fut pas dupe. S'il détecta assez rapidement la liaison de Clarisse à son éclatante autant qu'anormale joie quotidienne, il attendit plusieurs mois avant de dénicher le galant. Ce laps de temps lui permettait d'espérer. Il ne dit rien.

— Tu te souviens Jordy ? Le jour où je t'ai tout avoué. J'étais perdue. Je ne voulais pas te quitter mais je ne voulais pas rompre non plus. C'est toi qui n'as pas voulu. On aurait pu vivre heureux à trois...

Quand Clarisse lui révéla l'identité de Phill Pearson, alors Jordy se renfrogna. Il refusa de croire à son histoire de trio amoureux. Il ne faisait pas le poids. Il pleura, puis ses larmes se transformèrent en un flot d'espoir. Hélèna, il lui resterait Hélèna. Il ignorait encore qu'il n'en était pas le père.

Au loin, le spectre d'un camion se profilait. Le portable de Jordy retentit et l'écran afficha : « Phill Pearson ».

À cet instant précis, la robe de mousseline s'évanouit dans une nuée crayeuse. La voix s'éteignit. Les oiseaux, les arbres et les cascades ressuscitèrent un vacarme serein.

— Clarisse ! Clarisse ! réclama Jordy.

•••

Phill crut entendre « Clarisse » avant qu'une voix féminine ne s'interposât. Tétanisé, avant de raccrocher il marmonna :

— Désolé, ce doit être une erreur. Le téléphone était éteint. La voix poursuivit.
— Phill, pourquoi ne veux-tu pas me parler ?

Il empoigna l'appareil et le balança contre la

cloison du salon. Dehors, la lune éclairait un ciel azuré comme si le soleil avait cessé de briller sans que la nuit ne puisse chasser le jour. La baie vitrée ruisselait d'une invisible averse tombée d'un firmament vierge de tout nuage.

À l'intérieur de la maison, la nuit était tombée, une nuit surhumaine que veillaient les lampes du lustre qui s'allumèrent comme par prodige.

« *Ce n'est pas possible. Je suis malade* », se rassura Phill.

— Ne crains rien, je reviens vers toi sans haine, s'adoucit Clarisse.

Il engloutit une rasade de scotch, ferma les yeux pour mieux écouter son cœur. Les fantômes apparurent.

« *C'était le 10 septembre 2001 aux alentours de 19 heures, Phill attend sur le rivage de Green Island que le hors-bord accoste. Les lumières de l'étage sont allumées. Jordy et Hélèna sont là, pense-t-il. Quelques instants plus tôt, à peine s'être quittés, Clarisse l'a rappelé. Le temps est mauvais. L'embarcation est brinqueballée de tous côtés mais elle manœuvre avec précision, place la proue à contrecourant, ralentit le moteur jusqu'à ce que le canot vienne caresser l'appontement. Clarisse tend les aussières à Phill pour qu'il le retienne* ».

La voix de Clarisse résonne à nouveau.

— Tu ne devrais pas remuer le passé. C'est trop tard. Ce qui est fait est fait. Je ne suis pas là pour ça. Phill ne veut pas entendre.

« — *C'est décidé, je pars demain. J'ai pris les billets pour Kingston, lui dit Clarisse. Comme il ne répond pas, elle insiste et le supplie de l'accompagner.*

Le vent désormais s'abat sur Grace River en rafales ininterrompues. Sisyphe tangue dangereusement.

— *J'ai tout arrangé avec Jordy. Il a compris...*

— *Il a compris quoi ? Que tu l'aimais mais que tu m'aimais plus encore. Tu voudrais me faire gober çà. Des conneries !*

En réponse, il put lire sur ses lèvres frémissantes de chagrin, un sourire d'une incommensurable tristesse. »

La voix de Clarisse nimbée des délices d'outre-tombe, devançait les pensées de Phill :

— Les hommes ont peu de foi. Quant au courage ? J'ai su parler à Jordy. Tu n'as pas voulu être honnête avec Wallis. Ta femme aurait sans doute compris. Qu'y a-t-il de mal à partager l'amour, si ce n'est piétiner un inutile respect des convenances ? Et dire que cela m'a tuée…

Phill s'accroche.

— Non, ce n'est pas réel. C'est ma conscience qui me tourmente.

« — *Alors, ton troisième billet, tu peux le garder. Je ne partirai pas…*
— *Il n'y a jamais eu de troisième billet, répondit Clarisse, comme apaisée par cette révélation qui allait provoquer la colère.*
— *Comment cela ?*
— *Hélèna reste avec Jordy. Je lui ai promis.*
— *Il y a moins d'une heure, tu m'apprends que j'ai une fille et maintenant, tu me demandes de l'abandonner à ce…*
— *Je n'ai rien dit de tel. Tu te vois avouer à ta femme qu'Hélèna est ta fille ? Alors que tu n'es pas capable de choisir entre elle et moi. Tu imagines les cancans, ta carrière politique foutue. Jordy est le meilleur père qui puisse être* ».
— Tu vois, j'avais raison. Les années ont passé. Jordy s'est bien occupé d'Hélèna. Ta réussite fait des envieux… Mais je te le répète, je ne suis pas là pour ça, insiste l'apparition.

Phill pleure doucement. Toutes les images de ce 10 septembre défilent. Il se résigne. La voix est bien réelle.

— Pourquoi ne puis-je te voir ?
— Ton âme n’est pas assez pure. Je viens pour t’aider.
— Que dois-je faire ? Pourrais-je te toucher ?
— Il ne faut pas faire de mal à Jordy. Je connais Wesley (Morgan). Son sens du devoir prime sur tout. Il est convaincu de la culpabilité de Jordy. Il ira jusqu’au bout. Il est temps que tu affrontes la vérité…

Phill a compris. Il ne faut pas éloigner Nelly de Jordy. Clarisse ne le veut pas. Mais, il est trop tard. La mécanique administrative, implacable est déjà en marche. Il soupire.

La lumière du soleil envahit le salon. La lune a disparu. La voix de l’au-delà s’est tue.
— Clarisse, Clarisse ! râle désespérément Phill.

•••

Jordy arpente le talus pour essayer de se calmer. C’est la première fois qu’un tel délire éveillé s’empare de lui.

— Qu’est-ce qui m’arrive ? Je deviens fou… Clarisse.

La réalité ! Il faut que je revienne à la réalité. Jordy s’approche de Gloria, effleure le capot, savoure la chaleur du moteur, respire l’odeur de l’huile. Il se rassure au contact de la matière, durcit son cœur en baisant le métal. C'est sûr ! Il a rêvé…

Son index glisse avec délicatesse sur l'aile soyeuse de Gloria, quand soudain. Un rien, un bleu, : un impact sur la carrosserie, à l'endroit même où la vision de Clarisse a heurté la voiture.

— Je suis désolé. Je ne voulais pas te faire mal. Elle était si gracile, si aérienne. Comment aurais-je pu imaginer qu'elle fut réelle ?

Le téléphone portable. Ça y'est ! Jordy en est sûr. La technologie ne saurait mentir : il n'y a pas eu d'appel. Tout ça n'est pas réel.

Il se précipite et attrape l'appareil. L'écran s'éclaire et clignote « appel manqué — Phill Pearson » … Terrifié, ses traits s'obscurcissent.

Phill Pearson. Que peut-il bien vouloir ? Jordy est inquiet. Une horrible prémonition.

— Hélèna, Hélèna ! gémit-il.

« La Varenne » n'est plus très loin. Gloria accélère. Elle a compris qu'il n'y a plus de temps à perdre.

Jordy est tendu, « — *Nous avions promis. Nous avions promis…* » ressasse-t-il, tandis que le film de ce 10 septembre se projette à nouveau devant ses yeux de spectateur impuissant.

« Il ne se souvient plus de l'heure précise, mais la nuit était tombée. Il s'était disputé avec Clarisse. Cela durait depuis plusieurs jours. Elle n'était plus elle-même. Jordy sentait qu'il se tramait quelque chose. Absorbé par la correction des devoirs de classe, il l'avait laissée seule prendre le bateau pour acheter le pain sur le continent.

Il faisait un temps de chien. Il n'aurait pas dû... Au fur et à mesure que le temps passe, son inquiétude enfle. Il a reposé son stylo-plume dans la rigole taillée dans la masse du pupitre en bois ; un de ces bureaux doté d'un couvercle à battant que les écoliers utilisaient jadis, aux belles heures de la maternelle.
D'une main, il caresse la surface du meuble comme si la couche de vernis ne suffisait pas à le faire reluire. De l'autre, il tripote frénétiquement une tour Eiffel en métal argenté, rapportée de Paris lors d'un week-end amoureux avec Clarisse.

De la pièce, il n'est pas possible d'apercevoir le débarcadère. Périodiquement, à intervalles de plus en plus rapprochés, il se lève pour se rendre au fond du couloir dont la fenêtre donne sur le jardin et la rivière. Le vent a redoublé de violence. Grace River charroie de sinistres tourbillons et soulève des vagues de près de deux mètres qui viennent se fracasser sur les piles du pont, dans un vacarme audible jusqu'à Clifton Square. »

Pendant que Jordy s'abîme dans ses cauchemars, Tommy Dewell s'est dressé sur ses pattes. Une joie indescriptible l'anime : Gloria vient de laisser sur la gauche, le chemin qui mène à cette maudite fourrière.

— Comment savait-elle ? Elle n'est pas bête Tweenie, se réjouit-il, les quinquets constellés de pétales de rose.

Jordy s'enfonce plus encore dans ses délires.

« *Il ne quitte pas des yeux Clarisse qui s'éloigne, un discret sourire mélancolique au coin des lèvres. Longtemps, elle agite son bras en signe d'au revoir, lance un dernier baiser, puis rajuste sa capuche et reprend en main la barre. L'immense trimaran s'élance, prend de la vitesse et bientôt n'est plus qu'une petite moucheture blanche collée sur l'océan. Combien de fois, il a crû ne jamais la revoir.*

Cette fois-ci, elle est bien là. Sisyphe plaqué contre le ponton est retenu par un homme qui serre les cordages. Bien qu'il ne puisse l'identifier, il a deviné...
Il les observe. Retenu par une invraisemblable pudeur, délivré qu'il ne soit rien arrivé à Clarisse, il s'apprête, fataliste, à regagner le bureau ; quand les gestes animés du couple lui suggèrent l'esquisse

d'un accrochage. Clarisse court un danger !

Tandis qu'il dévale les escaliers, il entend Hélèna :

— C'est toi papa ? Où tu vas ?
— Je reviens ma chérie. Bouge pas.

Le mugissement du vent couvre les voix, mais la scène qui s'offre à Jordy revêt tout d'une querelle. Quand enfin, il parvient tout près, il discerne dans les paroles de Phill qui peste :

— Puisque c'est comme ça, va-t'en !

Alors qu'il prononce ces mots, les derniers que Clarisse emportera de cette terre, dans un geste instinctif insensé de colère, Phill jette au loin les amarres, livrant Sisyphe à la fureur de Grace River.

Demeuré tout ce temps à l'affût, le serpent se déchaîne. Cette fois-ci, il ne laissera pas sa fiancée s'en tirer. Une première volée arrache le canot au rivage.

Le moteur a calé. Clarisse s'acharne à tirer sur le cordon pour qu'il redémarre. Brisée par une lame scélérate, l'embarcation effectue un premier tour sur elle-même, puis emportée dans la valse des remous, se couche et se redresse, gémissant sous les coups de cet intraitable amant. Clarisse est violemment projetée sur le passavant et perd connaissance. Son corps inerte n'est plus qu'un pantin désarticulé. Bientôt la vie le lâchera.

Phill et Jordy courent le long du rivage en poussant d'inutiles cris. Leur agitation est vaine. Dans un ultime sursaut, Sisyphe parvient à surmonter une énorme masse d'eau et s'engouffre entre les deux piles du pont. Alors, agacés par tant de ténacité, l'eau et le vent, conjuguant leurs efforts, d'une terrifiante bouffée, achèvent les naufragés.

Sisyphe, tel un navire errant, percute la pile du pont. Sa coque hurle de douleur, son bâbord lacéré par les ferrures qui enchâssent l'ouvrage en béton. Toujours inconsciente, Clarisse est éjectée hors de l'habitacle. En une fraction de seconde, Grace River, triomphant de jalousie, l'épouse pour l'éternité.

En proie à la folie, Phill est sur le point de se jeter à l'eau. Jordy le retient. Il le serre fermement contre lui. Les deux hommes restent un long moment enlacés, comme si chacun d'eux, en cet instant embrassait Clarisse pour la dernière fois.

— Il faut que tu partes. On ne doit pas te trouver ici. Je m'occupe d'alerter les secours, ordonna Jordy.

En s'éloignant, sans se retourner, Phill s'adressa à Jordy :

— Clarisse m'a dit pour Hélèna. Occupe-toi bien

d'elle…
— Promis… nous ne nous reverrons plus.

Sisyphe s'est détaché du pont. Il entame, sans âme une dernière sarabande, insensible au beuglement des cardinales[19] *qui le rappellent à l'ordre.*

Des cris aigus déchirant la nuit tirent Jordy de son apathie :

— Hélèna, Hélèna ! Putain les rats, j'ai oublié. »

•••

Les présentations ont été de courte durée. Les gens de « La Varenne », séduits par la grâce de la petite chienne, ont adopté Tweenie sans façon. Nicolas, en bon maître de maison a prié Ayden d'effectuer un tour du propriétaire.

Tandis que le fiston se dirige vers la mare, revêtue, en cette saison de nénuphars en fleurs, Tweenie Wilson le suit, les pas rivés sur ceux du petit homme. Tommy Dewell, ragaillardi par la tournure des évènements, leur a emboité le pas, bien décidé à ne pas se laisser, cette fois-ci, distancé par sa trop vigoureuse promise. Il vit une renaissance. Son

[19] *Marques de navigation qui signalent un danger.*

cœur, baigné dans la fraicheur de la jeunesse, touche à ce moment sublime, où l'éternel semble possible.

Les adultes, empruntés, sont réunis autour de la table. L'aventure de leurs amis canins dont l'issue heureuse réchauffe l'assistance, a permis de faire diversion. Hélèna s'est placée légèrement à l'écart, son fauteuil reculé afin d'éviter de croiser le regard de son père. Lui, Jordy, est ailleurs.

L'appel manqué de Phill Pearson le ronge. Il s'attend à le voir débarquer d'un instant à l'autre pour venir briser son bonheur. Il perdrait sa fille, Hélèna, son unique trésor.

D'une œillade grossière qui n'a pas échappé à Margaret, Damian, son mari, envoie un signal vers son fils. Nicolas insiste alors pour remercier Nelly et le commandant Morgan comme artisans de cette heureuse affaire.

Jordy reste impassible, écartelé entre la crainte, toujours présente de Morgan et le désir de soutenir Nelly. Hélèna s'est levée et s'apprête à s'éclipser discrètement.

Quand, Margaret qui bout intérieurement de la gaucherie de son fils, se dresse et, à la stupéfaction de son époux :

— Tais-toi ! ordonne-t-elle à son fils.

Et avant que son mari ne puisse s'interposer, elle pointe un majeur obscène, ébauchant un timide doigt d'honneur :

— Toi aussi, tu la boucles !

Margaret reprend son souffle. Elle inspire profondément, confondue par sa propre audace. Toute sa vie, elle a vécu soumise à ce militaire qu'elle admire. Toute sa vie, l'ombrage de cet homme a voilé son existence musulmane. Elle n'éprouve aucune haine, bien au contraire. Elle sait bien que l'amour d'une femme comporte une large dose de soumission, car la femme est plus encline à donner et l'homme à recevoir. C'est aussi pour ça, que ce jour, elle veut donner le meilleur d'elle-même.

Le général a maté plus d'une rébellion. Il s'est forgé la réputation d'un soldat intransigeant mais juste. Et cela lui importe plus que tout.

De son doigt, il a muré sa bouche signifiant qu'il s'imposait silence. Il fixe d'un regard épanoui son fils pour qu'il en fasse de même. Puis, pivotant vers Margaret, de ses yeux emplis de fierté, il l'invite à poursuivre, sa main encourageant tendrement la sienne.

Elle porte une robe fleurie aux teintes fanées de l'automne qui relève avec une élégance discrète, l'extrême pâleur de son visage de porcelaine. Il n'est plus si loin ce temps du collège où, comme toutes les petites anglaises, soulevée par un vent de liberté, elle exhibait sa joie en s'attifant en fille des rues.

Elle ne ressent plus l'obligation de s'effacer pour contenter son entourage. Oubliés les cachotteries et les plaisirs génésiques au milieu des vignes pour combler sa solitude pendant que Damian se distrayait en manœuvres. Oubliés les retours de campagne tartufes de ce conjoint galant, éreinté par tant de voluptueuses conquêtes. Elle a décidé d'être Margaret.

— Vous aussi, vous sortez ! intime-t-elle à Jordy qui hésitait.

Les deux femmes restent seules. Le vent s'est calmé dans la nuit, abandonnant des amas de feuilles mortes qui tapissent le perron de « La Varenne ».

Le temps passe et Jordy s'impatiente. Nicolas s'apprête à tirer une cigarette de son étui puis se ravise. Son père qui désapprouve ce vice, apprécie cette retenue. De toute façon, il est d'humeur joyeuse et autour de lui, tout lui paraît beau. Rien ne pourra contrarier le bienfait que vient de lui offrir Margaret.

— Qu'est-ce qu'une belle-mère peut bien raconter ? bougonne Jordy.
— Je crois qu'elles ne nous diront rien. Mais, j'ai ma petite idée, réplique Damian.

Il poursuit :

— Nous les mecs, on s'astiquerait à coups de rhétorique pour savoir si c'est bien que Jordy se tape une jeunette..., non sans une certaine jalousie.

Jordy s'indigne et veut intervenir.

— Excuses-moi Jordy ! l'arrête Damian.
— Les femmes c'est autre chose, leur sentiments sont plus forts, ancrés au plus profond de leurs entrailles.

— Et alors ? s'aventure Nicolas qui souhaite plus que tout, une réconciliation.
— Alors ? Ta mère ne va pas raisonner ta femme. Elle va lui parler de son cœur, d'un truc comme ça. Elle ne va pas la convaincre de quoi que ce soit.

Elle va lui poser la seule question qui importe : « Hélèna, est-ce que tu aimes ton père ? Oui ou non... ».

— Et il faut des heures pour dire ça ? T'en est vraiment sûr ? raille Jordy.

— Non ! déplore le général.

Jordy s'est rapproché de Gloria. Il en a marre de poireauter. Il veut s'en aller. Il dessine de minuscules cercles autour de la blessure, pensif. Damian l'a rejoint.

— Tu devrais me la refiler. Elle croupit au fond d'une grange. Elle mérite mieux. J'aurais du succès au cercle…

Jordy ne répond pas. Phill Pearson le hante. Que veut-il ? Pourquoi cet appel, alors qu'ils s'étaient jurés d'oublier…

Les femmes sont enfin sorties de leur cénacle. Hélèna ne laisse rien transparaître de son humeur. Jordy n'est pas surpris, c'est comme ça dans cette famille, on n'extériorise pas ses émotions. Ça doit être génétique…

Elle se dirige vers son père, tandis que Damian et Margaret se sont retrouvés.

— Tu sais papa, cette nuit-là, il n'y avait pas de rat dans ma chambre.

Hélèna sanglote et murmure :

— J'ai tout vu…

Jordy ne dit rien et l'enlace. Un fleuve de bonheur s'écoule dans ses veines et chasse à jamais les maléfices de Grace River.

— Je t'aime papa.

Gloria roule lentement, ralentit devant le perron.

— Merci Margaret, du fonds du cœur, balbutie, ému, Jordy.

Puis il conclut, s'adressant à Damian :

— Je vais en parler avec Gloria. T'as raison, ça la bottera surement de frimer à ton cercle de guerriers rassis.

Chapitre 7

LA NUIT DES ÉTOILES

« TU EXISTES POUR AGIR. DEVANT TOI LES CHAMPS LIBRES TU ES FAITE POUR TE DÉGAGER DE TOUT ENFERMEMENT TU AS UN NOM LIBERTÉ ! »

ANDRÉE CHEDID

Lorsque le temps le permettait, Jordy allait au collège à vélo. Le soir en revenant, avant qu'il ne fasse noir, il aimait vagabonder au gré des nombreuses pistes cyclables qui sillonnaient Crimsonbeck.

La ville millénaire n'avait plus de secret pour lui. Chaque édifice lui comptait une histoire, ressuscitait des êtres imaginaires qui venaient grossir sa cohorte d'amis et nourrissait ses rêves d'enfants qu'il ne partageait parcimonieusement qu'avec ses élèves.

La prison du comté l'attirait plus que tout. Son architecture reproduisant celle des châteaux forts médiévaux l'interpellait. Les murs d'enceinte, hauts d'une trentaine de pieds s'enguirlandaient d'inutiles créneaux tandis que le monumental portail en chêne blond, flanqué de part et d'autre par deux tours également crénelées, était protégé par une grille factice, les dents inoffensives orientées vers le sol.

Les tours comportaient chacune plusieurs meurtrières, percées dans l’épaisseur de la pierre, dans le pur jus de l’art militaire de l’an mille. Enfin, à mi-hauteur, ces mêmes défenses adoptaient la forme de croix chrétiennes comme si l’adoration d’un Dieu pouvait encenser la violence.

Normalement, une prison s’organise pour que les prisonniers ne s’en échappent pas. Là, c’était différent : les concepteurs envoyaient un message à ceux qui auraient l’audace de vouloir y pénétrer.

Depuis plusieurs mois, Jordy pouvait mesurer la vacuité de ces croyances. La citadelle ne s’était pas opposée. Elle l’avait accueilli, si l’on peut dire, à bras ouverts. Nul être n’intervint pour clamer :

— Tu n’as rien à faire ici !

Alors que les aurores sur son marais, les caprices de Grace River et les fredaines d’Urla lui manquaient, son avocat l’avait consolé, assuré de l’issue du procès :

— Il faut vous habituer…

Puis, avec la même empathie, le baveux résigné expliqua :

— Nous allons nous battre pour tenter de réduire votre peine au minimum, les conclusions de l'instruction sont implacables…

Jordy n'écoutait plus. Les vociférations du juge résonnaient tel un marteau qui enfonçait sa peine : « Monsieur Dewell, les preuves que nous avons réunies contre vous sont accablantes. Vous ne bénéficiez d'aucune circonstance atténuante. Commettre un crime plus de vingt ans après les faits qui l'éclairent, témoigne d'une préméditation perverse. Un tel forfait commis dans des conditions particulièrement atroces, signe un assassinat, passible de la peine maximale, l'emprisonnement à vie … ».

Il regrettait ce mois d'août, cette nuit de folie qui l'avait fait basculer dans le chaos.

Le festival de musique battait son plein. Depuis 2009, les prairies d'Oakfield Wood accueillait des milliers de personnes à l'occasion de la nuit des étoiles. La date de ce rendez-vous annuel fluctuait afin d'offrir les meilleures conditions d'observation aux astronomes en herbe.

Cette fois, l'évènement décrété par l'Association Nationale d'Astronomie tombait au cœur de l'été. Une aubaine pour les troupes musicales de la région qui envahirent l'espace pour y organiser une teuf d'enfer.

Jordy n'était pas chaud. Il craignait la foule. Mais Nelly insista :

— Allez, on y va ! Ça nous changera les idées. On en a besoin…

Depuis l'arrêté d'expulsion, leurs relations s'étaient tendues. Nelly ne lui reprochait rien. Elle s'était approprié le dossier, avait vérifié les textes, sollicité ses anciennes relations. Mais rien n'y fit. Il était périlleux de s'attaquer à Phill Pearson. Bien qu'elle n'en soufflât mot, la perspective de quitter Greenwood et son chenil ne lui déplaisait pas.

Lui voyait les choses différemment. Le spectre de Morgan devenait son obsession, l'instigateur de tous ses maux depuis tant d'années, l'objet de sa jalousie depuis peu. Il faudrait bien, un jour, y mettre un terme.

Il pressentait une connivence entre Pearson et Morgan, tout en ignorant l'étendue de leurs liens d'amitié. Ce dernier s'était fait un plaisir de venir lui signifier personnellement son éviction, conscient qu'ainsi, il perdrait son travail et toutes les économies qu'il avait engrangées.

Jordy avait compris que l'enjeu véritable se nommait Nelly. En le ruinant, en l'anéantissant moralement, le commandant s'assurait qu'elle se détacherait de lui. Celui-ci devait se dire qu'une bourgeoise proprette, habituée au confort, ne supporterait pas l'épreuve et que peut-être…

La soirée était fraîche, tempérant agréablement les touffeurs de l'après-midi. Le ciel d'un velouté outremer constellé de pierres précieuses ravissait les amateurs de cosmologie. Les enfants confiés à leurs libres instincts couraient en tous sens, insensibles aux exclamations admiratives des grands, béats devant la fulgurance des étoiles filantes.

Pendant ce temps, sur l'immense estrade dressée au centre du champ, les chanteurs et musiciens avaient succédé aux politiciens et leurs discours d'autosatisfaction.

S'ils étaient arrivés plus tôt, Nelly et Jordy auraient pu voir Pearson et Morgan. Ils devaient encore être là, camouflés dans la foule.

Jordy s'était laissé convaincre. À contrecœur, il accompagna son épouse sur la piste de danse. Il reprirent vie et noyèrent pour un temps, leurs soucis dans un tourbillonnement d'arabesques sensuelles.

C'est ainsi, qu'au rythme d'une salsa, ils tombèrent sur Betty, l'ancienne assistante de Nelly au « cube », plus fofolle que jamais.

Les deux femmes qui ne s'étaient pas vues depuis longtemps, bien inconsciemment délaissèrent Jordy qui s'éloigna, se rapprochant sans le savoir de son destin tragique...

Quand il aperçut Morgan, il crut que ses jambes se dérobaient. Son cœur se mit à battre dangereusement. Les poings serrés, la mâchoire cadenassée, il s'apprêtait à l'aborder, quand Pearson le rejoignit. Ce n'était pas le bon moment. Il préféra filer et retrouver les deux pipelettes.

— On s'en va ! ordonna-t-il sans ménagement.

Betty, la moue racoleuse :

— Oh non ! Pas déjà, on s'amuse bien...T'es qu'un rabat-joie !
— Si tu veux, tu rentres seul, Betty me déposera. T'as les clefs ? renchérit Nelly.

Tandis qu'elle fouillait dans son sac, il auscultait fiévreusement les poches de son veston. Ses doigts reconnurent un objet qu'il n'attendait pas. Brusquement, ses traits se durcirent. Une idée lui trotta par la tête...

— Bon, j'y vais. Profite bien... conclut Jordy, l'air étrange en se saisissant du trousseau que lui tendait Nelly.

Betty n'avait rien perdu de la scène.

— Je le trouve bizarre. C'est cette affaire de chenil ?
— Pas seulement. Il ne parle pas, mais je sens bien qu'il y a quelque chose de grave. Tu te souviens de Morgan ?
— Oui, le bellâtre qui te tournait autour.
— Il est revenu. Je crois qu'il s'intéresse à Jordy. Il avait un dossier volumineux avec lui.

Betty affecta un air embarrassé comme si elle venait de faire une bêtise.

— Tu n'es pas au courant ?
— Au courant de quoi ?

Betty alors lui conta l'histoire de la disparition de Clarisse, les soupçons qui pesèrent sur le mari, toutes les rumeurs…

— Pourquoi tu ne m'en a jamais parlé ? T'as enquêté sur lui. Un « invisible » ! Tu m'y reprendras.
— Je suis désolée. Cette affaire remonte à loin. Tout le monde avait oublié. Et puis, il y a eu un non-lieu…

Les deux femmes se regardèrent et échangèrent en silence un message d'inquiétude.

— Tu vas dormir à la maison, on ne sait jamais, décréta Betty.
— D'accord. J'ai du mal à croire…

•••

Depuis plusieurs jours, Gloria toussote et ce jour ne fait pas exception.

— C'est l'humidité, analyse Damian qui n'entrave rien à la mécanique.

Hélèna s'inquiète.

— Il ne faut pas manquer le rendez-vous. Il m'a dit onze heures.
— T'inquiète pas, ma cocotte. Cette vieille carcasse en a encore sous le paletot. Elle nous conduira à Crimsonbeck.

Passée la quinte, le moteur s'anime. Gloria sent la brûlure envahir ses durites. Elle souffre mais s'incline. La route de Crimsonbeck est belle. L'asphalte a été refait avant l'été. Ce sera un moindre mal.

— Je ne voudrais pas que nous soyons en retard, appuie Hélèna.

Le général tente de la rassurer. Mais, il a compris que Gloria peu à peu perd la tête. Elle ne répond plus à ses demandes d'accélération. L'embrayage boude et geint à chaque sollicitation.

Après avoir dépassé Warstreet, en pleine nature, au pied d'une verte colline qu'elle aimait tant gravir, Gloria perd connaissance. Une fumée grise monte du moteur. Dans un ultime soubresaut, elle s'immobilise à jamais. Des flammèches orangées viennent caresser le capot, précipitant les trois occupants hors de l'habitacle.

Hélèna sanglote.

— Nous n'arriverons pas à temps. Il va croire que je ne l'aime pas.

Damian s'en veut. Il regrette de ne pas avoir emprunté son 4X4 et laissé Gloria au repos.

— Je vais appeler un dépanneur, il n'est pas encore trop tard. Ne pleure pas.
— Je vais téléphoner… gémit Hélèna, désespérée.
— Je crains que dans ce genre d'établissement, les appels ne soient pas permis…lui suggère la troisième voix.

•••

Wallis s'effondra quand elle reconnut le numéro de l'hôpital. C'était plus fort qu'elle. Elle n'osait pas décrocher de peur d'apprendre la nouvelle fatale.

Wesley prit la communication, angoissé tout comme elle. Des secondes qui parurent une éternité, il écouta la cheffe du bloc. Après plusieurs semaines de coma, Phill venait de se réveiller.

— Le premier mot qu'il a prononcé, c'est « Wallis », précisa Wesley redevenu radieux.

Elle pleurait et l'émotion était trop grande pour que sa joie puisse lui arracher la moindre parole.

— On va y aller. Je vais te conduire.

Puis, après quelques hésitations :

— Il a demandé à voir les enfants... et aussi Hélèna.

Wallis sourit devant la gêne de son ami :
— Tout ce qu'il voudra !

Elle pensa : « Il me prend pour une sotte ! Il y a longtemps que je sais pour Clarisse ».

Les visites commencent à onze heures demain matin. Wesley est confiant : c'est l'heure où le trafic est le plus fluide. Le personnel des administrations a fini d'embaucher.

Des sentiments partagés agitent son esprit. Il est très content bien sûr que Phill revienne à la vie. Il se rend compte que c'est son seul véritable ami. Et il a fallu qu'ils succombent tous deux aux charmes d'une unique femme, une femme unique : Clarisse.

Elle est morte. Son assassin, Dewell est sous les verrous, mais il n'est pas complètement satisfait. Alors qu'il avait accumulé les preuves, Dewell a échappé à la justice. Aujourd'hui, il est incarcéré pour une nouvelle agression, celle-là même qui vient de plonger Phill dans une abominable sieste.

Malgré la monstruosité de l'attaque, et la profonde amitié qui le lie à Phill, il n'est pas aveugle. Si les mobiles sont clairement établis, l'expulsion de Greenwood et la jalousie, les preuves matérielles, quant à elles ne pèsent pas lourd.

Le voisin qui a secouru Phill a bien identifié le véhicule de Dewell, mais celui-ci n'a jamais nié sa présence au chenil. Il affirme avoir quitté les lieux avant le drame. Il reste bien sûr les empreintes digitales relevées sur la télécommande qui reposait près du corps…

Le témoignage de Phill sera déterminant. Il l'espère car il a discuté avec le juge.

Richard Brady, c'est son nom, serait chaud pour rouvrir le dossier Clarisse si l'affaire allait au bout. En récompense de son avancement…

Wesley s'apprête à prendre congé.

— Je passe te prendre demain vers dix heures. Si tu veux, je préviens Hélèna…

— D'accord. Merci.

Il hésite :

— Une dernière chose. L'enquête se poursuit. Ce soir, je vais pouvoir entendre Phill…Je t'appelle dans la foulée.

Wallis est heureuse. Elle s'affaisse sur le canapé et s'abandonne à un doux sentiment. La vie va reprendre comme avant.

— Il faut que j'appelle les enfants.

•••

Il est 5 heures 48. Le soleil s'est levé trois minutes plus tard qu'hier.

— Les jours rapetissent, constate Jordy.

Les nuits sont courtes en cabane. Le silence n'existe pas. Les vies sont rabotées, réduites aux remugles de haine et de brutalité. Mais les voix du désespoir ne se taisent jamais.

Jordy entend les cris, les râles, les bravades de matons, les bruits de pas dans les coursives, les portes qui claquent, les alarmes qui se déclenchent…

Il reconnaît le grand-duc, la biche pourchassée par des braconniers, la portière de Gloria, la sirène du bac qui appareille du wharf de Warstreet. Le marais est la prison dans laquelle il s'évade.

À six heures trente pétantes, la lourde s'ouvre.

— Lève-toi Dewell ! Tu te tires à onze heures. Lui balance Mark, son surveillant préféré.

Sous l'effet de la surprise, Jordy s'est rassis.

— Qu'est-ce tu m'racontes ? L'audience au tribunal est dans quinze jours…
— T'es bouché mon pote. Tu te casses, tu décampes, tu fous le camp… Faut te le dire en quelle langue ?
— Pourquoi mon avocat ne m'a-t-il pas prévenu ?
— Comment tu veux que je le sache ? Mais, à la manière dont tu t'es embrouillé avec lui la dernière fois, je comprends le gars…
— T'as raison. Je peux te demander un service ?
— Cause toujours.
— Est-ce que tu peux prévenir ma fille de ma sortie ?
— Ça dépend. Elle est mignonne ? Non, je déconne.

File-moi son numéro. En revanche, tu veux bien me faire plaisir ?
— Oui, si je peux.
— Refous jamais les pieds ici… Allez, magne-toi !

Jordy répondit par un check du poing, accompagné d'un morne sourire. Il ne doute pas du caractère précaire de la sentence, suspendue au verdict final de la cour d'assises.

Le centre pénitencier de Crimsonbeck, malgré son incontestable intérêt monumental, se situait légèrement à l'écart de la ville afin de ne pas effaroucher les boutiquiers et les rentiers. Pas trop loin non plus, car la cité déversant sa crasse offrait une clientèle autochtone nombreuse qu'il convenait de récurer à domicile.

La place était déserte. Jordy ne goûta pas en ce matin d'été, la saveur de l'air ambiant doucettement échauffé par un soleil en chemin vers son zénith.
Son regard inquisiteur balaya l'espace à la recherche de Gloria. Une sorcière[20] débordante d'énergie, tenta la fuite, avant de s'évanouir dans une nuée poussiéreuse.

— Hélèna, Nelly, où êtes-vous ? cria-t-il, ses doigts croisés en signe de prière.

---

[20] *Petite tornade se formant en été.*

Il ne l'a pas vu venir. Il marche le long du trottoir en direction de Magnus market. Il n'a rien entendu. La voiture électrique se fond sans bruit, sournoise.

Parvenue à sa hauteur, la berline ralentit. Il distingue les traits du chauffeur. Jordy épouvanté, esquisse un geste de protection tout en reculant.

— Que me voulez-vous, laissez-moi tranquille, vociféra-t-il.

La voiture s'est arrêtée. L'homme a entrebâillé la portière. Il tend la main et l'agite précautionneusement, signalant ses bonnes intentions.

— N'ayez pas peur, je suis venu en ...ami, dit-il après avoir hésité.

Jordy reste sur ses gardes et ne répond pas. Il a tourné les talons.

— Je sais que ça va vous mettre en rogne, mais, c'est Nelly qui m'envoie.

Jordy s'est arrêté net. Avant qu'il ne réagisse, Wesley Morgan a poursuivi :

— Elles ont eu un problème sur le route, votre fille et...
— Un accident ? s'alarma Jordy.

— Non, rien de grave. Le moteur a cramé, leur voiture est fichue.
— Rien de grave, rien de grave ! Gloria ! rumina Jordy, le regard haineux.

Wesley, pour le première fois, éprouvait de la compassion envers cet homme qu'il avait jusqu'à présent le plus détesté. La suite lui pesait. Son naturel un peu gourde reprenait le dessus. Il ne savait par quel bout commencer.

Pendant qu'il tergiversait, Jordy avait repris du poil de la bête :

— Et Nelly a pensé à vous pour venir me servir de comité d'accueil ? ironisa-t-il.
— Pas exactement. Je viens pour autre chose...
— Ben voyons ! La maison bourreman[21] ne se refuse rien. Même un petit répit, une quinzaine de conditionnelle, ça te fout les boules, n'est-ce pas, capitaine Morgan ?
Wesley pensa : « Commandant ». Mais il était trop embarrassé pour s'abaisser à rectifier l'imprécision. Puis, empoignant son courage, il se lança, empruntant un ton résolu :

— Je vais vous prier de m'écouter, sans m'interrompre, s'il vous plaît. Ce que je vais vous dire ne m'est pas facile. Tout d'abord, votre libération n'a rien de conditionnelle, elle est

---

[21] *Police.*

définitive. Vous êtes blanchi de tous soupçons pour cette affaire… ainsi que pour l'autre.

On n'imagine pas ce que peut ressentir un personnage de roman, présumé coupable, quand vers la fin du livre, après avoir dû endurer chaque ligne du venin inoculé par un auteur sadique, celui-ci, enfin le délivre et lui restitue sa dignité. Jordy le sait.

— Hier soir, je me suis rendu au chevet de Phill Pearson. Il est dans un piètre état, mais il a tenu à me parler.

« — Wesley, comme je suis content de te voir. Je vais pas pouvoir causer longtemps. Il faut que tu m'écoutes. Ce qui m'est arrivé était un accident, tu entends : un accident ! Quand, l'autre soir, je suis rentré de la « nuit des étoiles », j'ai voulu faire un crochet par Greenwood, pour voir. Le chenil était éclairé. Dewell furetait je ne sais quoi. J'avoue que ça m'a gonflé. Il n'avait plus rien à faire là. Il voulait donner à boulotter aux chiens, mais je lui ai dit de partir. Il m'a mis en garde : sans nourriture depuis cinq jours… On attendait toujours le nouveau gérant…

Les bêtes hurlaient, mais j'ai été con. Je voulais qu'il se casse. Les vieilles rancœurs…Il m'a remis la télécommande du site et il est parti.

La suite est encore plus stupide. J'ai voulu fermer et je me suis mélangé les pinceaux avec cette foutue télécommande. J'ai appuyé sur la touche qui ouvre les cages… Une horde de dragons affamés s'est précipitée sauvagement sur moi. L'horreur. Puis, j'ai perdu connaissance. Sans Perry, le voisin, je ne serais plus là.

Phill, sous le coup de l'émotion, peinait à recouvrer sa respiration. Son visage empourpré se zébra de rides douloureuses qui ajoutaient autant de cicatrices supplémentaires à sa peau lacérée par les crocs.

— J'appelle l'infirmière. Réagit Wesley.

— Non, non ça va aller, l'interrompit Phill, reprenant lentement son souffle.

Pendant un long moment silencieux, leurs yeux d'amis échangèrent leur secrets. Un sourire jocondien fardait leurs lèvres pincées. Ce fut Wesley qui le premier, entrouvrit la bouche :

— Nous avons été trois à aimer Clarisse, c'est là notre malédiction.
— Tu te trompes ! Notre malheur, c'est d'avoir douté que Clarisse puisse aimer trois hommes à la fois.
— Peut-être, mais l'un d'entre nous ne l'a pas supporté et a préféré la faire disparaitre. Et cet homme, c'est Dewell.

— Mon frère, je voudrais que tu me considères toujours ainsi quand je t'aurais avoué la vérité. Clarisse m'a demandé, ces jours-ci de tout révéler. C'est à toi que je vais me confesser.

Wesley en écoutant ses paroles, ne put s'empêcher de penser que Phill délirait : Clarisse vivante, il déraille ! Mais Phill poursuivit et décrivit dans les moindres détails la terrible soirée du 10 septembre 2001.

Il remarqua que son ami ne prenait pas au sérieux ses révélations et comprit que sa rencontre avec Clarisse entachait la crédibilité de son récit. Aussi, dans un dernier sursaut, son corps estropié consentit un ultime effort. Il se redressa sur son lit et renouant avec sa griffe désinvolte, il ajouta :

— T'es bien un poulet ! Tu piges rien du second degré. Bien sûr que Clarisse est morte : j'ai seulement fait un rêve. Tout ce que je t'ai dit est exact. Dewell est un type bien, très bien.

On ne saura jamais ce que Jordy éprouva à ce moment-là. Il demeura muet, impassible, aucun signe apparent sur son visage ne dépeignant une quelconque émotion. Ce fut pour Wesley, le pire des châtiments.

Il se serait damné pour essuyer des reproches, des insultes, des coups même, toutes sortes d'avanies plutôt que l'indifférence. Le pardon ne viendrait pas de lui.

— Je peux vous déposer ? À Hillside ?
— Non, j'ai une dernière chose à faire à Green Island. Vous savez, 6 Rochehall way... Vous connaissez bien l'adresse, n'est-ce pas ?

Wesley ne répondit pas. Tout le long de la route qui mène au domicile de Clarisse, défilèrent les images de son calvaire. Ce 10 septembre, avait-il été aveuglé par sa jeunesse, trahi par sa jalousie ? Il aurait juré avoir vu Clarisse périr sous les coups de son mari. Alors, tandis que Jordy s'était assoupi sur le siège passager, une voix en provenance de l'au-delà doucement murmura :

— Tu t'es seulement trompé. Tu as confondu l'amour et la vérité. Les deux ne font pas bon ménage.

Il ne fut pas terrorisé, quand il découvrit dans le rétroviseur, le sourire apaisé de Clarisse. Il tenait son absolution.

Jordy se dirigea vers le jardinet qui donne sur Grace River. Au pied du cupressus, l'urne brillait, comme si les cendres de Clarisse lui imprimait une beauté éternelle.

Il s'en saisit et la serra contre sa poitrine. Le bateau était toujours là. La balafre sur son bâbord avait disparu sous la mousse. Les intempéries et les ans avaient effacé les traces de sang. Le moteur avait été dérobé. Sisyphe tanguait mollement, bercé par les eaux oublieuses de Grace River.

Il installa les dames de nage et prépara les avirons. Wesley voulut l'accompagner, mais Jordy d'un geste interdit l'en dissuada. Clarisse et Jordy s'éloignèrent pour un dernier voyage.

•••

La pointe Saint Georges n'est plus qu'un minuscule amer qui s'endort dans les brumes newyorkaises. La traversée a été longue. Le navire de commerce qui l'a emportée loin de l'Angleterre transporte du matériel agricole et des containers remplis d'alcools écossais.

Le pont réservé aux passagers n'est pas spacieux, mais il offre de confortables banquettes en skaï où l'on peut s'allonger et s'adonner à la rêverie. Nelly, depuis le départ de Southampton, il y a quatre jours, ne rate aucun coucher de soleil. Le panier à œufs, que sa sœur a tressé avec du rotin, ne la quitte jamais. Elle le surveille comme un trésor, ce qui intrigue une passagère.

Madame Wilkinson, une veuve anglaise, curieuse

et fagotée comme un pot de fleurs fait le voyage depuis Nottingham pour rejoindre son fils célibataire qui vit à Oak Park, dans la banlieue de Chicago. Dès le premier jour, elle s'est attelée à mettre le grappin sur la jeune femme avec des intentions bien avouées :

— Que c'est charmant et tellement rare de voir une jeune femme voyager avec son père…

Nelly s'en amusa et lui répondit par un joli sourire, permettant à la concierge d'alimenter son illusion. Quand Nelly comprit qu'elle s'était mise en tête de la marier avec sa progéniture, elle abrégea sa peine :

— Ce n'est pas mon père, c'est mon compagnon.

Nullement vexée, ou feignant de ne pas l'être, Madame Wilkinson s'employa alors à percer le secret du panier.

— Que cachez-vous donc de si précieux, mon enfant, pour chérir ainsi un tel objet ?

Nelly avait l'humeur mutine. Elle décida d'attiser l'appétit de la vieille dame.

— Je consentirais à vous le dévoiler si vous me promettez de ne rien en dire. Cela pourrait nous attirer des ennuis avec l'équipage et qui sait d'autre encore.

Excitée comme un pou de mer, après avoir scruté les alentours, l'élégante septuagénaire se pencha sur la jeune femme. Elle lui chuchota à l'oreille, solennelle :

— Je suis une tombe !
— Mon mari est agent du MI6[22] au service de sa majesté…
— Je m'en doutais. Son port altier, ses manières, son expression autoritaire. La signature d'un militaire, gradé probablement. Et le panier ?

— Vous ne devinez pas ?
— Une arme, c'est ça !
— Chut ! Moins fort, on pourrait nous entendre.

C'est ainsi, que par mesure de sécurité d'état, Madame Wilkinson se tint, pendant toute la croisière à l'écart du couple, se bornant de temps à autre, à envoyer à l'attention de Nelly, des regards pénétrés d'intelligence.

Staten Island s'éloignait. Le vaisseau désormais, glissait en silence sur les eaux d'Upper Bay. Elle approchait. Nelly avait le cœur qui battait. Elle ne l'avait jamais vue de si près.

Remarquant son émoi, Jordy l'enlaça avec

---

[22] *Military Intelligence, section 6*

délicatesse et jugea que c'était le moment :

— Tu peux l'ouvrir...

Aussitôt, dans un bruissement d'ailes, Urla s'échappa du panier.

— C'est pas humain ! Quatre jours dans un sac à provision. Je sens plus mes guibolles...

L'oiseau libre, d'un vol saccadé se dirigea vers la Liberté. Il se posa sur l'épaule de la statue.

Nelly et Jordy n'entendirent pas les mots qu'elle lui murmura à l'oreille. Mais, comme tous les habitants de Jersey City et de New York, ils vécurent, ce jour-là, à un évènement extraordinaire.

La Liberté souleva la couronne qui l'opprimait, posa à terre la torche qui menottait son bras et s'affranchit du socle qui la maintenait captive.

Puis, soulevant sa robe de mousseline bleu pastel, elle s'enfonça dans les eaux libres de l'Hudson.

Depuis, certains prétendent l'avoir vu enjamber le pont de Poughkeepsie, d'autres, se prélasser au soleil du rocher de West Point. Dans le monde entier, des gens la reconnaissent. Aux dernières nouvelles, il se dit qu'elle fréquente les berges de la Neva...

Printed by Amazon Italia Logistica S.r.l.
Torrazza Piemonte (TO), Italy

64828492R00117